자수견본집

자수
견본집
An embroidery sampler

김정환 신작 시집 New collection of poems by Kim Jung-whan

김정환 옮김 Translated by Kim Jung-whan

POET

아시아

차례
Contents

자수견본집   07
An embroidery sampler

시인노트   135
Poet's Note

시인 에세이   139
Poet's Essay

해설   147
Commentary

김정환에 대해   183
What They Say About Kim Jung-Whan

자수
견본집
An embroidery sampler

POET

프롤로그
Prologue

페넬로페의 실

실내의 등장인물이 신약처럼 적다.

실내의 내 규방의

등장인물이

신약처럼 작다.

내 규방의

그곳의

신약

등장인물들이

정체불명으로 작다… 그렇게

그리도

낮게 다정하게 속살거리는

실이여,

더 낮게 더 다정하게

속살거리는 실의

길이여.

육욕의 미로를 풀고 대낮의

죽음을 짜는

Penelope's Thread

Indoor characters are few like The New Testament.

Indoor my boudoir's

Characters are

Small like The New Testament.

My boudoir's

There

The New Testament

Characters are

Small with ambiguous identities…so

How

Tender intimately whispering

You thread.

More tender more intimately

Whispering you thread's

Path.

Unknitting the carnal desires' maze and broad day-
light's

Death knitting

You thread thinned as time goes by.

How much more time must go by to come

갈수록 가늘어지는 실이여.

얼마나 더 가야 올 것인가 오고야

말 것이?

내 생애의 선율 투명(透明)

자수견본집.

한 5천 년 뒤에도 내가

살아있을 것 같다.

기다림, 한없이 가늘고 길다.

가정(家庭)이 가장 멀고 긴

실내의.

가전제품의.

What should sure come?

My lifetime's melody transparency, is

An embroidery sampler.

Even after about five thousand years me

May be alive it seems.

Expecting, is thin and long without end.

In interior

Farthest and longest from a family.

Of home electronics appliances.

1부

양복 저고리 속
The Jacket Inside

과로와 맑음

문 앞을 지키는 낯익은 바로

그만큼 진부한 거인이다. 이것이 뭔 일이여…가 그의

입에

붙은 말. 그가 없어야, 없을 수는 없고,

안 보여야 계란을 삶는

새로움이 보인다. 그가 자신의 등을 돌려 볼 때

없는 것이 얼굴일까 거울일까. 어쨌든 없는 것이

다행이다. 있다면 그의 등 또한 자신의 등이 있고

그건 바다 치고도 아주 낯선 바다가

안방에 들어선 형국. 그것을 섹스로 착각하는 건

아주 당연한 일.

안방만 새롭지만 여자가 남자와 여자

두 가지 오해를

둘 다 달래며

늘 새로운 난폭의 신화를 늘

새롭게 지우는,

가장 단아한 껍질이 모든 것을

Overwork and Limpidity

Door-front-keeping, as much familiar

Exactly as banal, giant it is. This, what's happening

at all...is his lip's

Stuck-hackneyed words. Only without his being, no

that cannot be,

Only with his being not seen, the egg-boiling

Originality is seen. When he turns his own shoulder

and sees,

What lacks, face? Mirror? Anyway, lacks

Is fortunate. If not lacks, his shoulder is to have a

it's own shoulder too

And that must be situation of

The sea, even most strange sea

Entered into the main room situation. Self-illuding

that as sex is

Most natural thing.

Only main room is new but female is, male's and

female's

Two kinds of misconstruction

Both consoling and

마무리하는

여성의

포장이다.

너무 정곡을 찌르지 않기 위하여

울음이 날카로움을 벗는다.

두 개였던 귀가 하나로 향하며

두 개인 것을 알리는 소리다.

구구단 소리

계단도 지워졌다,

과로(過勞), 얼굴의

한없는

맑음.

두뇌 아니라.

마침내

앵무새, 앵무새

원색(原色)들이 마침내 생명의

클로즈업.

어울려서도 따로따로고 우스꽝스럽지 않은.

원색들이 원색들 디자인이고 그

디자인이 생명인.

Ever new violence's myth all the time ever

Newly erasing

That the most elegant rind is giving the whole

shooting match

The finishing touch

Female's

Package it is.

In order not to be too trenchant

The weeping strips the sharpness off.

Once-two ears' towarding one and

Two-updrumming sound it is.

Multiplication tables' sound

Stairs are erased too.

Overwork, face's

Limitless

Limpidity.

Not of the brain.

At length

Parrot, parrot

Primary colors are at last life's

Close up.

That even in association seperate and not ludicrous.

That the primary colors are the primary colors

design and the

과정이 결과보다 더 아름답다는

말의

맑음인.

제의(祭儀)도 볼셰비키

동심(童心)의 디자인이었겠군.

조금만 그 밖으로 아차 싶으면 사랑의 육체

생명의 살(殺)과 생(生)의

퓨전이 피를 흘리는.

그리고 뒤늦은 제의 속이 훨씬 더

피비렸다.

짐승 바깥으로 인간이 제 피를 흘리는

죄의식이 거룩의 시작이라면

연민이 종교를 벗고 더 거룩한 거룩이다.

목숨에 비하면 그 곁에

모험은 아주 사소하지. 그래서 굳이

영웅이 필요한 거야. 그

이야기가 연민의 곁이고 헌정이고 화려한

희생이다.

그런데

첫 키스가 모든 것을 뒤죽박죽 만든다.

Design is life.

That 'process is I more beautiful'

Words

Limpidity is.

Rituals were also Bolshevik

Childlike's design maybe sure.

That even so little off gosh outside, Love's body

Life's kill & life

Fusion bleeds.

And inside belated rituals were so much more

Bloody.

Humans' perfuming their own blood unto the beast-
outside

If that guilty conscience if the start of Holy,

Pity is the thing Holy more holy with stripping of
religion.

Compared with life's strings at their side

Adventures are sure so trivial. So obstinately

Heroes are needed sure. The

Story is the side of pity and dedication and fancy

Sacrifice.

Well

A first kiss makes everything hodgepodge.

Before three decades my father put on my geek chic

30년 전 아버지가 입었고 지금 내가 입고 다니는

이탈리아 명품 가다마이 우와기[1]

소매에서

금단추 하나 떨어졌다.

처음일 것이다.

나머지 단추도 곧 떨어질 것이다.

1 일제 잔재 말. 양복과 양복 웃옷.

Italy brand-name katamai uwaki[1], off which

Sleeve

A gold button falled.

Fist fall sure maybe.

Rest buttons are maybe sure to fall too.

1 Colonial Japanese. 'suit' and 'suit-top'

흐트러지는 미인

흐트러지는 미인은 세파에 흔들리지
않고 흐트러지는 미인이다. 국적도 있고
호호백발도 흩날리며 흐트러지는 미인은 흐트러진
미인 아니다. 국적의 그후들이 흐트러지는
세파에 흔들리지 않고 예상 밖으로 흐트러지며
예상 밖을 예상되었던 것으로 만든다. 고대와
현대를 어긋나 낡은 것이 어떻게 미래일 수 있냐며
출렁이는 출렁임 속 출렁임 속 출렁임 속
출렁이는 허리가 아름다움 입으며 육체를 지우는
홍등(紅燈)의 육화
흐트러지는 미인이다.
하여 가장 젊고 운이 좋아
혁혁할 때, 천박했던 그
분(粉)내, 분 냄새에
미리 경례해두었을 일.

A Beauty being in Disorder

A beauty being in disorder is not shaken through
life's ups and downs
And is a beauty being in disorder. Has her national-
ity also and
Hoary hair flutters also and a beauty being in disor-
der is not a beauty
In disorder. Nationality's 'after that's are not
through life's ups and downs
Being in disorder shaken and unexpectedly is in dis-
order and
Makes unexpected expected. How can
Worn-out athwart Ancient and Modern be Future?
Asking
In rolling roll's in-rolling's in-rolling's in-olling
Rolling waist wearing loveliness erasing the physical
That incarnation of the red-light,
A beauty being in disorder it is.
So when in virtue of the best youth and fortune
Brilliant were, the vulgar
Powder scent, the powder, smell
Beforehand a salute you must have given.

악기 입장

가장 얇은 실내의 실내

바깥은 사연들

얼룩덜룩하다.

더 얇아지기 힘들다. 흑백의

위엄도 보이지 않는다.

손가락 길지 않고 아직도 강한 것에

놀라는 소리의 그림도 얼룩덜룩하다.

놀라는 눈동자 크기가 놀람 자체를 더 놀래키는

짜임새의

새로움이 가장 얼룩덜룩하다.

청중이든 세상이든

악기는 자기 밖에 혹은 자기 바깥에 뭔가 있다는 생각

을 해본 적이 없다.

연주가 자신의

경악 세상이지만 연주자라니,

있을 수 없는 일이다.

한 꺼풀 버려진 자신의 몸의

The Music Instrument Enters

The most slim interior of interior
Outside are stories situations, circumstances
Motley.
Hard to be more slim it is. Black-and-white's
Stateliness is not seen also.
Fingers are not long and still the power-stricken
Self-surprising Sound's picture is motley also.
Self-surprising pupils size the more startles self-
surprise itself that
Weave's
Newity is the most motley.
Whether audience or a world
The music instrument have never thought about
nothing outside/except itself.
Performing is its own
Astonishment world but such as a performer,
That cannot happen.
Its own one-outer-layer-abandoned body's
Memory is 'the music instrument enters' it is.
To there, into the most slim interior's interior

기억이 악기 입장(入場)이다

그곳으로 가장 얇은 실내의 실내 속으로

더 파고드는 악기의

몸이 악기 입장이다.

돌이킬 수 없는 길만 있다.

뒤를 따르는 악기 누구든 밟지 않을 수 없는

자신의 길이고 문법이고 자유다.

과거의 젊음이 현재라는 거울

그 자체인 악기

입장이 있다.

TV 연주회 연주 속으로도

욕망은 씻어내기가 힘들거든.

모처럼 든 정신이 스스로 곧 다시 무너질 것을 알므로

음악이 대신 자신을 끊어주기 바라는 악기

입장이 있다. 정말 가장 얇은 실내의 실내

바깥에서는 음산(陰散)할 밖에

없는 악기 입장이

있다.

악기 입장이 악기 입장(立場)인

악기 입장이 있다.

Deeper penetrating music instrument's

Body is 'the music instrument enters'.

Only an irrevocable road there is.

Whatever following music instrument cannot but tread

The road as its grammar as its freedom.

That the youth of the past is the mirror

Itself as the present, 'the music instrument

Enters' there is.

Even into the TV concert performances

Desires are hard to wash out that's why.

Knowing that its spirit recovered for a change will soon itself collapse again

Wishes the music instead will cut itself off that 'the music instrument

Enters' there is. In really the most slim interior's interior's

Outside, where cannot help being dismal that

'the music instrument enters'

There is.

That the 'the music instrument enters' is music instrument's position,

'The music instrument enters' there is.

쩨쩨한 영혼 진혼곡

들어본 적 있는 소리가 언제나 쩨쩨하지만

영혼의 구성은 언제나 들어본 적 있는 소리다.

영혼은 들어본 적 없는 소리를 들어본 적이 없고

들어본 적 없는 소리가 들어본 적 없는 소리를

들어보았을 리 없다.

그래서 쩨쩨한 영혼을 진혼하는 건지

쩨쩨한 영혼이 진혼인지 영혼은 도무지

무슨 소린지 알 수가 없다 쩨쩨한 영혼의

진수인

죽음 속에서 말고는.

그것에 귀 기울이는 것을 우리가

영혼이라고 말하기도 한다.

이어지는 영혼은 쩨쩨한 영혼이다.

자신을 진혼하는 영혼은

너무 차가운 영혼이다.

얼어붙지,

쩨쩨함이 없다면.

Small-minded Soul Requiem

Ring-a-bell sound is small-mind all the time but

Soul's construction is all the time ring-a-bell sound.

Soul has never heard an unheard-of sound and

An unheard-of sound cannot have heard

An unheard-of sound.

So whether requieming the small-minded soul or

The small-minded soul is requiem, the soul quite

Cannot know what hell sounds like. That small-

minded soul's

Quintessence,

In-death excepted.

Careful listening to it we call soul also.

Continuing soul is small-minded soul.

Self-requieming soul is

Too-cold soul.

Freezes up sure,

Without small-mindedness.

Small-minded soul

Makes the death

An endurable habit.

제쩨한 영혼은

죽음을 견딜만한

습관으로 만든다.

제쩨한 영혼은 제쩨함 말고 다른 모든 것이

호들갑이다, 죽음을

경각시킬 수 있는.

제쩨한 것은 제쩨하지만 제쩨한

영혼은 위대하고 진혼곡이 언제나 제쩨한

영혼 진혼곡이고 그러니,

앙코르, 앙코르.

짧을수록, 여러 곡 여러 번일수록 좋은

앙코르, 앙코르.

죽음이 생에 씐 영혼의

가면일 때까지.

그 다음은 죽음의 일.

영혼은 들어본 적 없는 소리를 들을 뿐이다.

영혼은 들어본 적 없는 소리일 뿐이다.

들어본 적 없는 소리가 들어본 적 없는 소리를

들어보았을 리 얼마든지 있을 것이다.

그렇게 영혼이

To small-minded soul everything else except small-
mindedness
Is a fuss that can be death-
Alerting.
Snall-minde4d thing is small-minded but small-
minded
Soul is great and requiem is always small-minded
Soul requiem and so,
Encore, encore.
The shorter, the more tunes, the more times, the
better
Encore, encore.
Till the death is life-possessed soul's
Mask.
The next is death's affair.
Soul just hears unheard-of sound.
Soul just is unheard-of sound.
Unheard-of sound as much can have heard
Unheard-of sound sure maybe sure.
That way soul will,
Only once in its lifetime
Open its eyes widely
In an about-350-years-old
Attention pose.

살아생전 단 한 번

눈을 부릅뜰 것이다.

350년쯤 된

주목(注目) 자세로.

그때 모든

열광이 천박하다, 죽음에 앞서

쩨쩨한 영혼 앞에.

그리고 평생의 추락에 앞서 죽음의

미완(未完) 앞에.

영혼의 녹음(錄音) 아니라 쩨쩨한

녹음인

영혼 앞에

가장 터무니없는 것이 박수갈채의

형해(形骸)다.

Then all

Enthusiasm is vulgar, prior to death,

In front of small-minded soul.

And prior to lifelong crash in front of

Death's incompletion.

Not soul's green tree-shade but that small-minded

Green tree-shade,

Soul in front of that,

The most outrageous thing is applause-storm's

Skeleton it is.

결혼반지

결혼반지의 평소
운명에 대해서는 우리가 자세히 안다. 금반지가
은반지보다 더
명백한 운명이지. 파도가 평소와
다른 울음으로 운다. 신랑과 관계없이
황금이 비웃음으로 제 몸
구석구석을 둥글리며
쇠락할 일만 남았다.
눈 뜨면 백 년 가약의 식구들 보인 이후
눈꺼풀이 늘 떠 있는 눈꺼풀이다.
쇠락이 쉬엄쉬엄 오지 않는다. 달려오지 않고 닥쳐
오지 않는다. 늘 쇠락의
소식으로 다가온다. 중력의 흙냄새 같은
접근전으로.
딱히 결혼 얘기라 할 수 없고 분명 결혼반지
얘기다. 왜냐면 결혼이 이따금씩
잃어버렸다는 걸 모르고 용케

Wedding Ring

The wedding ring's usual
Fate we know about in detail. Gold ring is
More than silver ring
Under obvious one. The waves shed non-usual
Tears. Extraneous to bridegrooms
For the gold with ridicule to round
Its body everywhere and
Decline it remains only.
Since eye-opening showed one hundred year wed-
ding vow's mouths to feed
Eyelids are always opened eyelids.
Decline comes not with frequent rests. Comes not
running and comes not
Befalling. Always as decline's news
Approaches. As gravity's soil-smell-like
Infighting.
Not just about marriage things but sure about wed-
ding ring
Things I mean. Because the marriage at odd times
Do not know that it has lost and even if it succeeds to

알더라도 무엇을 잃어버렸는지 모른다.

결혼반지가 이따금씩 스스로 잊힌 것을

모르고 용케 알더라도 어떻게 그럴 수 있었는지

어떻게 돌이킬 수 있을지 모른다.

사랑이 죽음의

투우(鬪牛)만 남은 것을

잊었다. 남녀가 가장 심하게

잊고 애꿎은

고향만 찾는다. 결혼이 잃어버린 것이

결혼반지고 결혼반지가 잊은 것이

결혼이다. 결혼의 물화(物化)인

결혼반지가 결혼의 동물화를 막는다.

결혼 문제 하나로도 우리가 자연을, 그리고

자연이 우리를 적당히 배반할 밖에

없다는 물화. 그것 없다면

가축이 평온한 시간은 가축 사이 인간이

평온한 시간이다. 우리는 자유와 야만의

말뜻을 아직 다 모르고

잠을 자고 있는 것처럼 전혀 모르는

아버지가 등장한다.

Know then what it has lost it do not know.

Wedding ring odd times do not know itself that it is

Forgotten and even if it succeeds to know then how
that could be

How that can be undone it do not know.

That love remains nothing but

Death's bullfight is

Forgotten. Man and woman most severely

Forget and look for the

Blameless country of their birth. What the marriage
has lost is

Wedding ring and what the wedding ring has for-
gotten is

Marriage. Marriage's materialization is

Wedding ring heads off marriage's beastification.

That with an marriage matter only can we and na-
ture

Cannot but be each other's suitable

Betrayer, that is materialization. Without it

Livestock's tranquil time is among livestock hu-
man's

Tranquil time. We do not know freedom's and sav-
agery's

Meaning not yet all and

첫 몽정 상대는 전혀 모르는 여자 전혀

알 수 없는

성기(性器)다. 잠이 편안하고 꿈이

짜릿했다. 너무 오래된 야만이 거의 오래됨의

외형(外形)이지.

인간 수준 영원의 표상으로 인간 수준의

쇠락을 감당하는

결혼반지가 있다.

욕망이 여전히 무엇을 욕망하는지 모르고

불길이 여전히 불길하게 닫힌 문이라는

듯이.

As if being in sleep an utterly unknown

Father enters.

First wet dream's partner an utterly unknown fe-

male utterly

Riddling

Genital is. Sleep easy and dream

Thrilling was. Too old savagery nearly an oldness'

Outward form is I say.

With human level eternity's emblem with human

level

Decline deal well

Wedding ring there is.

As if desire as ever what it desires do not know and

Omen is as ever ominously closed door,

To say.

이모

어머니 돌아가시고 이모 돌아간 지도 오랜데
이모가 늙지를 않는다. 어머니 평생의 얼굴이
겹쳐지는 그 종합과 서너 살 아래로 겹쳐지지
않고 이모가 울고 있다. 섹시는 아니지. 어머니의
종합을 겪고 젊고 예쁘고 그래서 울어야만 하는
것처럼 울고 있다. 행복한 이모는 있을 수 없다
는 것처럼, 이모가 어린 조카의 평생 동안 불행
해야 한다는 듯이 울고 있다. 자세히 볼 수 없는
그 울음 때문에 이모가 젊고 예쁘고 정말 섹시한
것처럼 울고 있다. 보이지 않는 근육질 사내가
이어지지 않는 무대의 막(幕)과 장(章)을 가르고
선(善) 지워지고 악(惡) 이어지는 서막 전조들의
등장과 실현. 목적과 고통에서 목적의 고통으로,
그리고 목적 없음의 고통으로 옛날에, 옛날에,
옛날에… 옛날을 으깨어 씹는 교육.
어머니는 여백도 아버지 없이
할 수 없는 여백이다. 아이는 어머니에게 용감한

Aunt

Mother is deceased and aunt is dead long too yet
Aunt is not growing old. With mother's lifelong
face's
Overlapping synthesis under three or four years
overlapping
Not, aunt is crying. Not sexy, sure. With mother's
synthesis' experience young and pretty and therefore
as if she must cry she is crying. As if happy aunt
there
Cannot be, as if aunt must young nephew's lifetime
long
Be unhappy she is crying. As if because of the no-
to-be-
Minutely-seen crying Aunt is young and pretty and real
Sexy she is crying. Invisible muscular man
Diving discontinuous stage's acts and scenes and
Good-erasing, evil- continuing curtain raiser portents'
Enter and realization. From purpose and suffering
to purpose's suffering,
And to without-purpose's suffering long ago, long ago,

죽음이지. 속도가 속도인지 모르고 들어선다.

애야, 자니? 애야, 일어났니? 차라리 통곡으로

아들의 파탄을 맞으세요, 엄마.

피에타가 왜 야만을 벗어야 하나?

어머니 돌아가시고 이모 돌아간 지도 오랜데

서너 살 위로 이모가 여백이다.

빛나던 육체의 빛나는 머나멂.

그래서

나를 부르며 깨어나는 네가 나다.

나를 부르는 네가 나인 것이 노래다.

귓속에서만 들리며, 멀어지는, 곁의

정의(定義)인, 너의 침묵, 예찬을 낳는

탄성 없는 느낌표. 시간의 영원을

끊는 것이 영웅이고 영웅 없는 드라마를

우리가 거룩이라 부른다.

빛이 완강한 점령일 때, 그 말을 다

감당하기도 전에 날이 새고 새롭다는 게

저리 낡을 수가 없을 때 다행히 흐르는

강이 있다는 거.

감각의 신부(新婦), 낯익은 냄새로

Long ago, education crush-chewing the old times.
Mother is even in the margin without father
Cannot do the margin. Child is to mother the brave
Death sure. Velocity not knowing it is velocity walks
into.
Sonny, are you in sleep? Sonny, are you risen? Rather with wailing
Greet please son's breakdown, Mama.
Why Pieta must tale off its savagery?
Mother is deceased and aunt is dead long too yet
Over three or four years aunt is the margin.
Once-shiny Body's shining remoteness.
So
You awakening calling me are ne.
That you call ne are me, is a song.
Only inside the ear hearable, growing away, being the side's
Definition, your silence, admiration-begetting
Exclamation mark without exclamation, one who cuts
Time's eternity is hero and drama without a hero
We call holiness.
That when the light is unbending occupation, even before we can
Bear the whole words dawn breaks and when what

듣는다 감각의 서열 없이, 벼락 없이
낯선 말씀을 듣는 첫 지상에 자유인(自由人),
가장 육체적이라 초자연적인.
체념이 완강한 콘스탄체가 도대체 무슨
잘못을 했다고? 가장 행복한 순간의 비운(悲運)으로
파리하게 비틀려
더 아름다운 여인이 있다. 이름도 비운
여신처럼 파리한 이름이다.
웃음이 천만 년 늙은 이 아침 이 여신의
사제 광대의 선율 모르는 가사는,
죽음 거기 있으라 슬픔의 온실(溫室) 벗고
내가 그리 가겠다. 죽음과 인터뷰하는, 죽음의
상극인 별 하나 없는, 1부와 2부가 있는
제의가 우주다.

is new can be

So worn fortunately running

River there is.

Sense's bride, with familiar smell

Hears without sense's rank, without thunderbolt

Strange-Words-hearing on the first earth freedom folks,

Supernatural because of the body.

Resignation-unbending Constanze, on earth what

Error she can have made you say? With happiest

moment's misfortune

Twisted pallid,

The more beautiful woman there is. Her name also

is like misfortune

Goddess a pallid name.

This morning whose laughter is thousand-years-old

this goddess'

Priest clown's melody-ignorant lyrics are,

Death be there taking sorrow's greenhouse off

I will go there. With death interviewing, without a

Star that is incompatible with death, with part one

and part two that

Ritual the universe is.

대장간 현명

모루는 빛의 저주 없이 가장 먼 데를 바라보며
앉아있음. 그
느낌은 삭제되는 류(類). 느낌이 우선 어둠의
암흑을
칼로 느끼기 위해 있다는 듯이 말이지.
모루는 밤과 숲이 공포를 위해 우선 있다는
사실을
앉아 있음.

풀무는 불의 저주 없이 가까운 데를 지켜보며
서 있음. 그
느낌은 한번 해보자는 류. 우선 바람의 출생을
무작정
그냥 호의로 느껴보자는 듯이 말이지.
풀무는 이웃 생기고 벌레 이름 이상하지 않은
사실을
서 있음.

Smithy Sagacity

The anvil is without light's damnation looking at the
farthest-off place
Sitting. The
Feeling is a sort of being eliminated. As if feeling for
now for darkness of
The dark
To be felt as knife is I mean.
The anvil is that night and forest for fear for now is
On the fact
Sitting.

The bellows are without fire's damnation watching
the near place
Standing. The
Feeling is a sort of daredevilry. As if for now wind birth
Blindly
Just as goodwill it will try out to feel I mean.
The bellows are that the neighborhood occurs and
worm's name is not strange
On the fact

불린 쇠는 물의 저주 없이 대책 없이 수 없이

맞고 있음. 그

느낌은 차지하는 류. 우선 자리 잡는 게

대단한 발견이라도 되는 듯이 말이지.

불린 쇠는 역사가 아직은 역사밖에 안 되는

사실을

맞고 있음.

각자 그것만 알고 나머지는 모른다.

대장은 그 사실을

알고 있음.

대장간 현명(賢明)

개관(槪觀)하는 동사보다

더 근본적으로

움직이는

개관이 있다.

Standing.

The tempered iron is without water's damnation
without countermeasures innumerably
Being hammered. The
Feeing is a sort of taking-up. As if for now taking-up
Should be enormous discovery I mean.
The tempered iron is that not just yet history is only
history and nothing more
On the fact
Being hammered.

Each knows only that and do not know the rest.
Commander have the fact
Known.

Smithy Sagacity.
More basically
Than the overviewing verbs
The moving
Overview there is.

향나무살 쥘부채

쥐고 냄새 밭으니
더 시원하다
한여름 밤 산들바람보다. 향이 더위를
먹으면서도 향이군,
살이 닳는, 아니 깎이는
향이다.
어떻게 한 여자 치마가 홀아비
냄새를 향도 없이
먹는가, 살의
깎임이다.
어떻게 한 여인 평생이
젊어지며 인파를 거슬러
내게로
오는가, 살의
깎임이다.
흐린 빗방울이 이별이고
빗방울 속 물방울이 재결합이군.

A Cedar-rib Folding Fan

Grasping and snuffing

It is cooler

Than a midsummer evening breeze. Fragrance is

Eating the heat and is

Fragrance still I nay say.

Flesh being sophisticated, nay, sharpened

Fragrance it is.

How an female's skirt is the widowers

Reek-eater even without

Fragrance? Flesh being

Sharpened it is.

How a woman's lifetime is

Youthening against the crowd wave

To me

Comes. Flesh being

Sharpened it is.

Somber raindrops are parting and

A raindrop in a raindrop is reconciliation I may say.

After even after-death dread

Has disappeared,

사후(死後)의

두려움도 사라진

먼 훗날일 것이다.

음정(音程)이 격류겠지. 음정만.

밤이 춤출 것이다. 밤만.

육향(肉香)이 죽음인

향나무 살 쥘부채.

부끄러울 터.

숨는 형식의

거울

흘리며, 흘리며.

The distant future that may be.

Tone intervals are torrents maybe, intervals only.

Night dances maybe, night only.

That the flesh-fragrance is death

A cedar-rib folding-fan.

Shy it is I say.

Hiding form's mirror

Shedding, shedding.

만년의 미래

훔치고 싶은 것은 미래의

시간 아니라 만년의 미래.

도서관에서 내 뼘보다 더 두껍고 내 무게보다

더 무겁고 내 청춘보다 더 참신하던

webster`s new international dictionary

Second Edition

unabridged

훔치고 싶던 고등학교 때 아니라

헌책방에서 반세기 지나 거금 1만 5천원에

구매한 그 책, 샛노랗던 표지

새끼손가락 두께 판자가 낡아서

시커멓고 누렇다 못해 넝마

헝겊인 지금.

50년 동안 접힌 쪽들이 앞으로 50년 동안

펼쳐지지 않는다. 1960년을 펼치려면 앞으로

그런 식으로 표지를 넘길 밖에 없다.

언제나 미래의

The Late Years' Future

What I would like to steal is not the future's
Time but the late years' future.
In library thicker than my span and heavier than my
Weight and fresher than my youth that
webster's new international dictionary
Second Edition
Unabridged
Was to be stolen then in my high school years not
that but
At bouquiniste after half century for big money
fifteen thousand Won
Bought that book, once-deep-yellow cover's
Little-finger-thickness board so worn
Beyond chimney-blackish yellow to be tattered clothes
Cloth is now.
Pages folded for fifty years are for fifty years ahead
Not to be unfolded. To unfold the year 1960 from
now on
In that way unfold the cover we cannot but.
Always the future's quotation
Is forbidden. Word as if cannot be helped

인용은 금물. 낱말들이 어쩔 수 없다는 듯

육화(肉化)한다 자기들의 수천 년 과거를.

미합중국도 꽤나 진보적이던 때가 있었다

대영제국에 맞서 미국어 된 영어

사전 만드느라고 말이지. 그 영향으로 항공의

인간 문명이 우주 아니라 자연의

꿈속을 날고 있다. 동물과 식물이

색(色)으로 날고 있는 그 속을 흑백

사진으로 날고 있다. 건축의 선박도 그렇게 날고 있다.

학문은 돌아온 것이 바로 미래인 학문, 고유명사가

측정의 문법이다. 심리가 인쇄고 방언이 우표고

이야기가 가장 거룩한 경전이지.

발음이 어원인 것이 그렇게 거룩할 수가 없다.

나보다 나이 적은 첫 비닐 앨범 바늘에

1) 닳고 닳으며 음악 없이 나보다 나이 적게

2) 쌓여가는 것을 쌓아가지 않고 기어이

3) 쌓아가는 것을 쌓아가는 단어가 OED보다

4) 더 빼곡하고 한 권이고 동의어 하나 없고 단어들이

5) 의미 중첩의 깊이를 겨루고 그것이 유일하게

6) 겨루는 것인 webster's new international 사전

Incarnates its own past several millenniums.

USA also once were quite progressive

Against British Empire the English-become-American

Dictionary to make I mean. Under that influence avia-
tion's

Human civilization inside not the universe but nature's

Dream is flying. Inside the animals' and plants'

Flying as colors is as black-white

Photograph flying. Architecture's vessel also is so
flying.

Learning is the learning in that what has returned is
the very future, proper noun is

Measurement's grammar. Mentality is printing and
vernacular is stamp and

Story is the holiest scripture sure.

That the pronunciation is the word-origin, that can-
not be holier.

Younger than me first vinyl album that by stylus

Wearing and wearing without music in style young-
er than me

It is not accumulating the being accumulated but no
matter what

Accumulating the accumulating its vocabularies are
than OED

More chock-a-block is in one volume without even

7) 그 만년의 미래를 훔치고 싶다.

에필로그 없이. 때로는 브라스밴드 행진곡

알몸 쨍쨍한 감격과도 같은

신조어(新造語)들 그 속으로 무르익는 것

거들기도 하면서.

a synonym and words

Compete the meaning's piled-up depth and that is the only

Competition, that Webster's New International Dictionary

That last year's future steal I would like to.

Without epilogue, now and again for the brass band narch's

Naked-body-sunny-effervescence-like

New coinages to ripen into it

Lending my helping hand too.

2부

코란 이후 모세오경 가운데
After the Koran among Pentateuch

죽은 아벨 답변

살인이 비루할 수 없고 피살이 비루하지 않을 수
없기에 살인을 택했다고 네가 말한다.
네가 살인의 과거를 보았을 뿐 피살의 미래를
보지 못했다고 내가 말한다. 불쌍해라 너는 죽음
밖으로 눈멀어 헤매는 시간. 죽음이 시간 없이
바로 예수 피살 그후라고 내가 말한다.
무슨 당연한 얘기를 그리도 거룩하게… 네가 말을
잇지 못하고 질문을 완성치 못하고 내가 답한다.
거룩의 시작이 당연이고 끝이 당연의 응축이다.
젖 강(江)과 꿀 강, 시간보다 더 당연하게 흘렀다.
역사의 번역이 구약이고 구약의 번역이 신약이고
신약의 번역이 죽음이다. 그리고 죽음의 번역이
이야기다. 가난의 존엄이 그렇게 끝까지 형형하다,
우선(優先)과 이외(以外) 사이
동굴 밖에서 시간이 제멋대로 쏜살같이
흐르는 것은 정말 아무것도 아니다.

Dead Abel Answer

Murder cannot be abject and Murdered cannot but
beabject

That's why you have chosen Murder you say.

You saw the Murder's past only and the Murered's
future

You could not see I say. What a pity you are out of

Death blind-gone and wandering time, death is
without time

Jesus Murdered the very after I say.

What so natural story is in so holy ways... You cannot

Go on and cannot perfect the question and I answer.

Holiness' beginning is the natural and its end is the
natural's condensation.

Milk river and honey river, than time more natu-
rally flowed.

History translation is the Old Testament the Old
testament translation and

Tne New Testament translation is death. And death
translation is

Story. Poverty's dignity is so to the end penetrating.

Between priority and the other-than

That outside the cave the time at its will like a shot
arrow

Flowing is, is really nothing.

들은 이야기

들은 이야기가 들리는 이야기의 지친

격동이다. 거룩이 그렇게 온다. 중단이다. 인간이

그렇게 서있다. 거룩이 은총과 자비는

아니지. 두려움의 방편, 이야기 같은 거다.

들은 이야기가 들은 이야기의 밤이고 첫 말씀이고

군마(軍馬)들이고 다시 밤이다, 임신이 재앙 아니기

위하여 세에라자드, 밤의 방문객 맞고 있다. 요셉이

결국

그런 걸 사치라 하겠지만 나는 꽤나 적절하고

운도 좋은 사치라고 본다. 자수견본집 같은 거다.

별자리들 찢어지는 바깥이 정의롭지 않은 자들

때문이라서 다행이다. 들리는 이야기가 그러니

들은 이야기가 결국 좋은 소식이다. 강림이지.

바람, 자고 있다.

늘 있는 망명이 늘 육체에 너무 가까워

스스로 소스라치고 그때는 이야기도 소용이

없다. 암소, 암소… 그 소리가 뜻을 능가하는

Heard Story

Heard story is an audible story's weary
Turbulence. Holiness so comes. A halt it is. Human
So stands. Holiness is not grace and mercy
Sure. Something like a fear's expedient, like a story.
Heard story is heard story's night and the first
Words and
War horses and night again. For pregnancy not to be
Disaster Scheherazade, greeting the night visitors is.
Joseph in the end
Shall name such thing extravagance but I regard it
much suitable
And also lucky extravagance. Something like an
embroidery sampler it is.
That the constellations-tearing outside is due to the
unrighteous,
Is lucky. Because audible story is so
Heard story in the end good news is. The descent
sure it is.
Wind is in sleep.
Usual exile being always too close
Itself frightened, then story even is of no

광경으로 조금씩 뭔가를 지워갈 밖에 없다.

(여)성을 극복한 변성이 천국이다. 근친상간의

노아도 임신 그 자체였던 요나도 고래도

마초 아브라함도 모세도 애당초 이야기가

이야기를 지우는 이야기였다. 남사스러운

대홍수가 성(性)과 성(聖)의 대(大)할례. 그러니

시바 여왕, 아무리 섹시한 붉음 속 하양 꿀벅지라도

뭐 하러 잇겠나, 사울과 다윗의 골리앗 동성애를

솔로몬의 요란굉장한 불륜으로?

재앙의 축복과 축복의 재앙이 바로 혼돈이었던 그

이야기가 따로 시작된다. 우리는 비로소

독립된 그 이야기만 이어간다. 주객(主客) 없이,

해방 없이 독립도 없이 그냥 독립된 이야기가.

있지도 않았던 은총이 소돔과 고모라 진흙 바닥에서

지천으로 뒹굴고 사제 자카리아가 아직 잉태 안 된

아들 세례 요한의 참수 소식을 듣는다.

그의 아내 형편없이 늙은 몸의 임신 6개월 만에

이번에는 젊디젊은 몸의 마리아가 뱃속 제 아기의

십자가 처형 소식을 듣는다.

아무렇지도 않아야지. 물론. 그렇게 자카리아가

Use. Cow, cow··· By the sound-excelling-meaning

Sight can little by little erase something only.

The (female)sex-overcome prosperity is Heaven. Even incest's

Noah and even pregnancy itself's Jonah and whale and

Macho Abraham and Moses also from the first story was

Story-erasing story. A disreputable

Deluge is great circumcision of gender and holiness. So

Queen of Sheba, however sexy white-in-red honey-thigh

What for should she connect, Saul and David' Goli-ath homosexuality

With Solomon's cheap-boisterous adultery?

That the disaster's blessing and the blessing's disaster was the very chaos, the

Story in isolation begins. We for the first time

Continue in the separate story only. Without subject and object,

Without liberation without independence even as it is separate story is continued.

Never-existent grace in Sodom and Gomorrah's mud ground

In great abundance wallows and the priest Zacha-

현대를 예언하는 예언자 반열에 올라선다.

그가 모세의 형, 달변의 아론이고 그보다는

아이돌 가수고 그보다는 암소 발음이고 그보다는

히브리어 문자 그림의 근엄을 아직 벗지 못한

예수다. 구약의 정의과 에녹이 코란의 이야기 없는

예언자… 그리도 숱하게 들은 이야기가 최근

좋은 소식이므로 예수,

사시사철 피어나는, 깨어나는 고통의 생애의

십자가 처형 연민인 창세의,

언어가 연극으로 태어나는 경박의

십자가 처형 연민인 출애굽의,

음식의 율(律)과 심리 건축 법(法)의 혼동-육화의

십자가 처형 연민인 레위의,

아는 동물이 더 목말라 하는 인구 생난리의

십자가 처형 연민인 민수(民數)의,

어이없는 지속과 밑도 끝도 없이 지겨운 심화의

십자가 처형 연민인 신명(申命)의

기(記)의 기의 기의…

그렇게 들은 이야기가 좋은 소식이다.

두 어감의

riah the not-yet-conceived

Son John the Baptist's decapitation news hears.

In his wife terrible old body's pregnancy six months

This time too young body's Maria inside her the baby's

Crucifixion news hears.

Must be indifferent, of course. So Zachariah

To the today-soothsaying prophet rank rises.

He is Noses' elder brother, Aron of eloquence, rather

Idol singer rather the pronunciation 'cow' and rather

In Hebrew letter-picture's austerity still clothed

Jesus. The Old Testaments righteous party Enoch is

a Koran's storyless

Prophet. because so abundantly heard stories are

the latest

Good news Jesus,

Of that all year round bursting, awakening agonal

lifetime's

Crucifixion pity, Genesis,

Of that the birth-of-language-as-drama's flippancy's

Crucifixion pity, Exodus,

Of that the food's rule and mentality architecture

law's confusion-incarnation's

Crucifixion pity, Levi,

Of that the knowing animal's more thirsty popula-

tion havoc's

여운이 있다.

하나는 폴스타프 닮은 아서 피들러 보스턴 팝스.

새로 발명된 hi-Fi 스테레오 음향기기를 자신의 엉덩이

1/3 면적인 철제 보조의자에 앉아 스스로 선곡

연주하며 듣고 있다. 스피커를 양쪽 귀로 달고

LIVING STEREO 글자가 흐름을 타는 CD

레이블이 녹음기기(器機)고 음악이다. 다른 하나는

글랜 굴드와 정반대 모턴 굴드. 은연중 허를 찌르는

행진곡 심포니 밴드. 둘 다 클래식 음악계에서

호령까지는 아니고 그냥 억하심정 없이

떵떵거린 천재 대중음악 예술가고

그렇게 들은 이야기가 좋은 소식이다. LIVING

STEREO 60 CD BOX 안에 담긴. Sampler도. 물론.

50년 동안 대수롭지 않던 것을 50년 권위로

새롭게 듣는, 그러므로 탈무드,

이스라엘에서 아시리아로 바빌로니아로 예루살렘으로

다시 바빌로니아로 그리고 돌이킬 수 없는 세계로

2천5백 년 넘는 세월 동안의 디아스포라 아니라

2천5백 년 넘는 세월이 디아스포라다.

색으로 흩어지려는 초상(肖像)과 죽음으로 똘똘

Crucifixion pity, Numbers,

Of That the absurd duration and bottom-endless
boring intensification's

Crucifixion pity, Deuteronomy

Of writing of writing Of writing⋯

So heard stories are good news.

Two nuance's

Lingering imagery there is.

One is Falstaff-resembled Arthur Fieddler Boston Pops.

The new invented hifi stereo audio equipment, on
his hip's

1/3 extent steel chair seated, for himself music-
Selecting hears he. With speakers as both side ears
That the letter 'LIVING STEREO' is riding the flow, CD
Label is recording equipment and music. The other is
At antipode with Glenn Gould, Morton Gould. Im-
pliedly Surprise-attack-making

March Symphony band. Both were in the classical
music word

Not all the way to overruling, just without offence-
meaning to

Grand style living genius popular music artists and
So heard story is good news, in LIVING
STEREO 60 CD Box bottled. Sampler too. Of course.
For fifty years a insignificant matter with fifty years'

뭉치려는 두상(頭像) 사이 그렇게

들은 이야기가 좋은 소식이다.

authority

   Heard new, therefore Talmud,

   From Israel to Assyria to Babylon to Jerusalem

   To Babylon again and to irrevocable world

   Not over-2500-years' duration's Diaspora

   But over-2500 years' duration is Diaspora.

   Between portrait willing to scatter as color and bust willing

   To close ranks as death so

   Heard story is good news.

언뜻과 문득

아주 오래된 토성 터에 언뜻

식재료가 있고 문득

내가 밥을 짓는다.

천 년이 지났다. 아스라이 사라지는 나의 흔적을

언뜻 흩어진 생선과 동물 뼈, 불에 탄 곡식

알갱이들이 붙잡고 문득 그것들이 나를 붙잡으려고

필사적으로 흩어져 있는 것 같다.

언뜻, 맛이란 게 있기는 있었나? 생각. 그리고

문득 그것이 사라지는 나의 흔적에 앞서

사라졌다는 곰곰 생각.

씹는 일 그렇게 질겅거릴 수가 없다.

문득 또한 저장창고 아니고 그 안에 유약 바른

배부른 항아리는 더욱 아니지. 작을수록 아니다.

문득이 매우 크고 무거워 아래로 허술하다.

언뜻이 매우 크고 가벼워 위로 허술하다.

아주 오래된 토성 터에 부뚜막 언뜻,

그리고 문득, 설마…. 그리고 더 문득 아니 무슨

'By Chance' and 'Casually'

At an ancient earthen rampart site by chance
Ingredients there is and causally
I I boil rice.
A millennium has passed. My dimly fading traces
By chance scattered fishes and animal bones, burnt corn
Grains grasp and casually they in order to grasp me
Desperately scattered are it seems.
By chance, was there anything called taste? That off
the top of my head. And
Casually, it has before my fading traces
Faded, I perpend.
Mastication also cannot be more tougher and rougher.
'Casually' also is not storage nor inside it a glazed
Round-belly pot moreover. The smaller the more cannot.
'Casually' is so big and heavy to be lax downward.
'By chance' is so big and light to be lax upward.
At an ancient earthen rampart site wood-burning
stove by chance,
And casually, this cannot be⋯And more casually,
why? What
Primitive man's steamer ground stove even. That is
excessive

원시인 시루 바닥 부뚜막까지. 저건 너무 심한

물질의 물질 형상화 아닌가….

돌절구는 미안한지 아예 사진 속에 있다.

천 년 전 배설이 중력 바깥이다.

문득 그리운 백 년이 언뜻 백 년의

두터움이라서 언뜻 너와 나, 우리였던 때, 부단히

고난을 고생으로 전화(轉化)하던 부엌과 장독대 곳간과

외양간 살림의 비밀이 사라졌다.

마당이 가슴에 땅을 품고 지붕과 굴뚝 이마가

하늘을 이던 기적이 사라졌다. 샘과 우물이 가난한

생명 반짝이던 눈을 잃었다. 나무 장수, 젓갈 장수,

철물 장수, 소 장수, 매사냥꾼, 각설이패까지

세계 밖으로 뛰쳐나갔다가 다시 돌아온 듯 왕래가

왕성했던 생업들이 다름 아닌 생기들 잃었다.

생필품에 다름 아닌 생업의 기억이 없다.

상품의 진열과 아직 살아 있다는 나열만 있다.

사라진 이것들이 아무리 멀리 갔어도 인간의

영역 밖으로는 아니고 인간적인 언뜻과 문득

사이일 것. 그곳이 거룩하다. 사라지는 것이 사라지는

일이 앞으로도 그치지 않을 것이므로 그곳이

Material's material materialization isn't it···.

A mill stone is maybe for sorry from the very first
in photograph.

A-Millennium-before excretion is outside the gravity.

Casually longing one hundred years by chance one
hundred years

Thickness therefore by chance when you and I,
were we, ceaseless

Suffering-to-hardship-transforming kitchen and
crock-platform barn and

Stable household secrets have faded.

That the yard in its breast harbored earth and roof
and chimney forehead

Balanced the sky, miracles have faded. Springs and
wells the poor-

Life-shining eye have lost. That firewood sellers,
salted seafood sellers,

Ironmongers, cattle traders, hawkers, even singing
beggars

As if returned again after running away out of the
world the traffic

Was vigorous, making-a-livings have lost none
other than liveliness.

Daily necessities lack none other than making-a-
living's memory.

갈수록 거룩하다. 사라지는 것과 사라지는 일 자체가

아니다. 사라진 지 한참 후에 자신의 진가를

사라짐으로 알리며 역사의 두께를 상실의

상처로 아름답게 하는 그 유산의

사실과 방식이 거룩하다.

역사가 역사 아닐 때까지 앞으로도

그럴 것이 역사의 운명이고 거룩의 진보다.

왜냐면

그리도 강건하고 분명했던 근대의 시간이 현대

지옥 여행의 지리멸렬한 가이드로 전락, 그냥

장구하고 또 장구하지 않나? 가까스로 살아남은

얼마 남지 않은 믿음이 맹렬히 지옥 편을 들며

지리멸렬을 아예 방향으로 확정, 그냥 난폭하고

또 난폭하지 않나? 이야기가 시간 없이 시간

밖으로 이어지는 일이 가능하기는 한가?

시간의 거울이 된 지 오래인 근대의 시간이

그렇게 묻는다. 음악 이전(以前) 악기들로만 구성된

인간의 도시가 있을 수 있는가 묻는 것 같다.

시간과 감각 및 그 체계로서 의미, 체계의

체계로서 세계 혹은 입장 자체를 내파(內破)한

Commodities' display and enumeration called the yet-living.

However these faded things might have gone, be-yond human

Field they have not gone and, are between human 'by chance' and

'Casually' maybe. There holy is. 'Fading things fade'

Occurrence do not cease now and for ever therefore there

Holier and holier is. Not the fading thing nor the fading occurrence

Itself. That long after having faded by announcing its own true value

With its fading-out, the history's thickness with loss'

Scar beautify, the heritage's

Fact and way is holy.

Until history shall not be history now and for ever

Such is history's destiny and holiness' progress. Because

The once-such virile and plain modernity's time is into today's

Hell tour's incoherent guide degenerated, is just

Long and long standing, isn't it? Barely surviving

Little left faith vehemently tale hell's side and

The incoherence from the very first as direction

음악 이후라면 악기들로만 이루어진 인간의

도시도 가능하다고 대답해야 할 것 같다.

좀 더 과감하게 그런 인간의 도시가 가능하다고

시간 없이 시간 밖으로 말이지.

아주 느리고 아주 꼼꼼하게 이미 우리가

미래에 관여하게 된 것이다. 왜냐면

아무리 거룩하단들 사라지는 것들이 사라지는

방식이 미래를 구성할 수 없고 근대의

시간도 사라진다 역사의 운명 속으로.

그 속도를 가속화하면서 미래가 지리멸렬의

방향을 벗지. 지리멸렬의 이야기 너머

언뜻과 문득

죽음을 닮는 지리멸렬의

방송(放送)으로. 때로는

위악의 섬광이 가장 윤리적이다.

confirms, is just violent
　　And violent isn't it? That story without time out of time
　　Continue, can it be possible?
　　Modernity's time that have long become time's mirror
　　So asks. Of pre-music instruments only consisting
　　Human city is that can be, it seems to ask us.
　　As time and sense and the system the meaning, as
system'
　　System the world or position itself, if after those-
implosioning
　　Music the human city consisting of instruments
　　Also is possible, we must answer it seems.
　　More daring, such human city is possible, we must
answer,
　　Without time out of time I mean.
　　So slowly and so meticulously we
　　In the future come to participate. Because
　　However holy it may be the fading thing' fading
　　Way cannot constitute the future and modernity'
　　Time also fades into history's fate.
　　Speeding the speed up the future the incoherence's
　　Direction takes off sure. Beyond incoherence's story
　　'By chance' and 'casually'
　　As the death-resembling incoherence's
　　Broadcast. Once in a while
　　Assumed evil's flash is most ethical.

식민지 경성에서 모세 임종

육체라기에는 너무 늙어 내 것 같지 않은
나의 육신이 나의 생애를 강점(强占)한다. 아니다
정치적이나 사회적. 나의 생애 애당초 그 너머일 수
없었다는 뜻이 명백했다.
오래 살아서 아니고 처형이나 순교 혹은 자살 따위
요절 아니어서 아니다.
지상에서 나의 모든 율법을 이루었으므로
내 생애가 하나도 남지 않았다.
율법처럼 눈에 빤히 보이는 그 사실을
이제사 내가 알 뿐이다. 내가 알 수 있는
대비가 아니라 내가 알 리 없는 대립이었거든.
창 밖 비바람 거세고 식구들이 나의 죽음 이후
지상에서 두려움을 준비하지만 괜한 짓이다.
나의 임종은 내실에 늙디 늙은 살비듬의
눈보라 광상(狂想) 말고는 남을 게 없다.
창밖은 율법이 광포하게 닫히는 소리. 누가
세례 요한을 예수 앞에 보잘것없다고 했나. 그가 적어도

At Colonial KyungSung[2] Moses Passing

That to call a body too old so that seems not mine,

My flesh occupies my lifetime by force. Not

Political nor social. That my lifetime from the first beyond it

Could not be, the meaning was obvious.

Not because old not because not execution or martyrdom or suicide etc.,

Not a premature death.

On earth I have achieved all my Law so

My lifetime remains nothing.

That fact evident to eye like Law,

Now I know, that's all. For it was not for me

Knowable contrast but unknowable confrontation.

Outside the window is fierce rain and wind and my family is preparing

After my death on earth the dread but it's an idle act.

My passing in boudoir except oldest flesh dandruff's

Snowstorm rhapsody nothing remains.

Outside the window Law's maddening closing sound. Who

Said John the Baptist is before Jesus trivial? He at least

Touched Jesus' body and the miracle-undressing-

2 Seoul

예수의 몸을 만지고 기적이 기적을 벗고 더
기적적으로 되는 순서의 광경을 보았다.
야훼의 산꼭대기에서도 내가 본 것은 오로지
중력에 묶인 땅이었고 거기에 약간의 숫자를
보탰을 뿐이니 나는 천하고 강대한 미국에서나
부활할 수 있고 근엄의 장사치나 될 수 있을 것이다.
나의 전성시대가 나의 생애의 식민지로 끝났다.
나의 율법이 무성영화고 TV 화면 속에서 화면 밖
세상을 내다보는 임종, 그것 밖에 남은 것이 없다.
'예수 불신 백열 지옥' 예언자들 시대착오의 연옥을
스스로 무슨 말을 하는지 모르는 게으른 광란의
디오니소스 플래카드 난립을 나의 율법이 어떻게
막겠는가, 열지 않고 막는 것이 능사인 나의 율법이?
시간의 식민지를 벗어나려 평생을 진력한 나의
근육질이 고요한 경건의 시간을 열기는커녕 결국
근육질로 구성된 권력의 운명을 입나? 나의 거룩이
식생활 백 년 연표로도 남지 않고 역사적이고 끝내
물리적으로 믿은 나의 믿음의 임종이 이제는 예수
탄생이기를.

miracle- to- be-more-

Miracle order spectacle saw.

Even on Yawhe's mountain top I saw only

The gravity-bound earth and to that only added

A little numeral so I shall only in base and big
strong USA

Be able to resurrect and become solemnity's ped-
dler only.

My best days ended as my lifetime's colony.

My Law is a silent movie and in TV screen outside
the screen

World-ahead-looking passing, except it remains
nothing.

The 'Jesus Distrust Incandescence Hell' prophets'
anachronistic purgatory

The its-own-words-ignorant lazy craziness'

Dionysos placard jumble, how my Law can stop

That, how can my Law that considers not opening
but closing as its work?

To break bounds of time's colony my muscularity
for my whole life has done its best

But far from opening serene piety's time, shall it

The muscularity-constructed power's fate put on?
May my holiness

Even as one hundred years dietary life chronicle not
remain and may my

Historically and to the last physically believed be-
lief's passing by now Jesus'

Birth be.

김장 담그는 겨울비

밖은 추적추적 겨울비 내리고 늙은 마누라

싱크대 앞 찬 마룻바닥에 퍼질러 앉았다. 어휴.

뭘 이렇게 많이. 잘 먹지도 않는 걸. 내 말이

그 말이야. 나이 먹은 걸 깜빡했네. 내가

무슨 일을 저지른 거지? 마늘 파 고춧가루 시뻘건 양념,

큼직큼직한 생굴을 도처에 눈알처럼 품고 낭자하다.

새우젓을 도처에 숨기고 낭자하다.

마누라 가여운 생각을 덮치는 슬픔 산더미.

배추 겉잎에 싸인 한가운데 연한 잎

배추속대도 배추속이고 포기김치 담그는 양념도

배추속이고 마누라와 내가 아무리 다정해도 배추 속과

배추 속 넣고 끓인 속대찌개 헛바닥에 맵고 뜨겁다.

서울 음식일 걸. 당신 어머니가 제대로 끓이셨잖아….

찬 마룻바닥에

　퍼질러 앉아 담그는 김장 아니고 추적추적 밖에서 내

리는

　겨울비 아니다. 배추 속, 배추 속으로 김장 담그는 겨

Kimchi-Making Winter Rain

Outside it rains drizzling winter rain and my old missis

In front of sink at cold floor face carelessly seated. Fine thing.

What's this much. Eats not often besides. My word

Is that word. Forgotten we are old. What

Trouble have I caused? Garlic scallion red pepper powder bright red seasoning,

Brooding everywhere big and large raw oysters like eyes lies in wild disorder.

Concealing everywhere salted shrimps lies in wild disorder.

The missis-pity-feeling-thinking-sweeping sadness pile mountain high.

The in-outer-leaves-wrapped napa cabbage' inner tender leaves

Cabbage heart is called cabbage-inside and head-kimchi-making seasoning

Is called also cabbage-inside and however tender my missis and me may be with cabbage-inside and

Cabbage-inside boiled cabbage-heart soup is hot

울비다.

슬픔이 섹시하다. KBS 여자 합창단 유니폼 여자들이
살랑살랑 몸을 떼로 청순하게 흔든다. 성인가요채녈
합창단 유니폼 여자들이 조금만 더 질탕하게 몸을 떼로
흔든다. 흔드는 것이 흔들리는 것인 슬픔이 섹시하다.
무슨 무슨 급전 빌려주는 회사 광고 모자 쓰고 몸을
떼로
앳되게 흔드는 유니폼 모델들에서 비로소 멎고 밖은
아직도 추적추적 겨울비 내린다. 마누라는 몇 년 더
김장을 담그려 할까? 마누라는 몇 년 더 김장을
담글 수 있을까?

and burning at tongue.

Seoul style I suppose. You know your mother
brewed well···. Not the on-cold- floor-face-

Carelessly-seated-making Kimchi and not the driz-
zling-outside-

Raining winter rain. With-cabbage-inside, with-
cabbage-inside-kimchi-making winter rain it is.

Sadness is sexy. KBS female chorus uniform females
are

Rustling shaking pure and innocent the bodies in
big groups. Adult Song Channel

Chorus uniform females are only little more riot-
ously the bodies in big groups

Shaking. That the shaking is the being shaken, sad-
ness is sexy.

With So and so emergency lending fund company
ad hat on the bodies in big groups

Childlike shaking uniform models for the first time
stops it outside

Still drizzling winter rain rains. How many years
more my missis

Will have a dash Kimchi making? How many years
more my missis can do

Kimchi making?

잔

결국 미완으로 남지 않고 원해서 미완으로 남은
것들이 얼마든지 있을 것이다.
그중에는 처음부터 그러고 싶었던 것들이 드물게
있고 다시 그중에는 인생의
미완을 닮거나 미완을 종지부 삼거나 더 대단한 완성을
가리키려는 어떤 겸손 때문 아니라
경배(敬拜)이기 위해서 그러고 싶었던 것들이 의외로
있을 것이다. 하나님이나 거룩 아니라
몸을 활짝 여는 몸의 몸에 대한 경배, 끝까지 자신을
비워 내거나 담아낼 수 없는 영혼
대신 자신을 비우는 미완, 처음부터 미완인 미완의
완성, 금잔, 은잔 아니고 유리잔도
아니고 유리잔의 잔 말이다.

Cup

Not in the end incomplete remaining but by choice
incomplete remaining
Things are in any degree maybe.
Among them there are things which wanted so
from the beginning rarely
And again among them things which not the life's
incompleteness
To resemble nor to consider it as a full stop nor
because of certain humility
Wishing to point to the more enormous complete-
ness but
To be adoration wanted so unexpectedly
There are maybe. No about God nor holiness
But the body-full-opening-body's adoration about
body, that to the end
Unable to empty or serve itself, the spirit
Replacing and itself-emptying incompleteness, the
from-the-first-incomplete incompleteness'
Completeness, not gold cup not silver4 cup not
even galass cup
But glass cup's cup I mean.

3부

겉감과 안감
Lining and Upper

그때 미국 바퀴벌레

시야의 그림을 씻어내야 세상이 바로 보인다고
생각했던 시절은 있다. 씻어내도 씻어내도 시야의
그림을 다는 씻어낼 수 없었을 것이나, 그랬으므로
씻기며 언뜻 그림의 윤곽이 보이고 다시 흐려지며
그림이 회복되는데 아무래도 그 전 그림과 다르고
그런 일 여러 차례 반복되는데 아무래도 축적되는
것. 그림에서 언어가 탄생한 경위가 그렇고 지금도
그것이 그림의 언어다. 표현도 인상주의라는.
동식물과 자연 풍광 요(妖)의 요설(饒舌), 돌의
유구무언 표정 전이(轉移), 시야의 그림에서 신화가
탄생하는 경위와 앞서거니 뒤서거니 그건 지금도
그렇다. 언어 탄생이 예술 탄생이다.
그림과 거꾸로인 사진도 그렇다. 처음의 권위가
미래는 열린 것이라는 흑백으로. 영화도 그렇지만
우리가 가끔 영화를 보지 않고 그러니까 씻어내지 않고
영화에서 산다. 천연이 약간 묻어나는 자서전 없는
착한 악한 주인공으로. 그러나, 그러니까 최소한

Those Days the USA Cockroach

That You should wash off your view's picture to see
the world right,
Those thought's days there are. However many
times we may our view's
Picture cannot be all washed off but, for so doing
Being washed off by chance picture's outline is seen
and again tarnishing
Picture is recovered yet ever different from former
picture and
Such occurrence several times re-echoes and what
ever cumulates
Sure. From-picture-to-language-birth details are so
and even now
These are language of picture. Expression is also
impressionism so to speak.
Animal-plants and nature scenery, fickle-sexy's
loquacity, stone's
'No-excuse-to-offer' look metastasis, with from-
views'-picture-to-myth's-
Birth details alternating in the lead it is even now
So. Language birth is arts' birth.
Picture's inside out, photograph is so too. That the
first authority
Is the fact that the future is open thing, with black
and white. film is so too but

연극이 TV의, 그리고 인터넷의 흑백 육체의
미래다. 아니면 언어가 총천연색의 꽝이거나.
뭐 그렇게 살아도 안 될 것은 없다. 내가 다만
언어 탄생에 대해 말했다. 사는 의미가 있는
아주 시끄러운 죽음의 탄생에 대해. 경제대공황과
뉴딜 정책의 그때 헛간 같은 실내 양철 밥그릇
다닥다닥 붙은 식구들 사이 가난이 거구(巨軀)다.
썩은 땀과 남은 장마 냄새도 이마의 수천 년
파도 패인 주름살도 젖 빨며 칭얼대는 아기
입술 울음도 거구다. 그때 미국 바퀴벌레 훨씬
더 컸을 것. 실내에서도 말이지. 가난의 간헐적
출현이 처참을 더해가니 우리가 묻는다. 아주 먼
가난이라는 것이 있었던 것, 맞나? 악마 형용은
아니지. 악마는 출현이 간헐적도 아니고 처참을
더해가지도 않고 제 모습을 숨기는 일파만파만
보이니 자세히 들여다보아야 진면목이 보인다.
그 모순이 희망이다. 스탈린도 학살의 인자한
계몽군주에서 더 나아간 것이 아니라니깐?
역사사전 항목을 연대순으로 다시 나열하는 게 역사
아니고 역사를 색인으로 다시 나열하는 게 역사사전

We sometimes do not see film, so don not wife off
Live in film. As the with-a-natural-colors-smeared hero
Without autobiography. But, so at least
Theater is TV's, and Internet's black and white body'
Future. Or language is full color's losing ticket.
No problem, Such life I do not see why not. I only
About language birth have said. That life's meaning
there is,
Very noisy death's birth about. The Great Depres-
sion and
New Deal Policy's those days barn-like interior tin
rice bowls
Among In-clusters back-to-back mouths to feed
poverty is big build.
Rotten sweat and remaining rainy season's smell
also and forehead's severalmilleniums'-
Wave-furrowed wrinkles also and suckling whining
baby
Lips cry also is big build. Those days the USA cock-
roach was much
Larger sure. Even in interior I mean. Poverty's inter-
mittent
Emergences each adds wretchedness so we ask.
That something called the very far
Poverty there was, is it right? Not devil
Shape sure. Devil is not in intermittent even, and
wretchedness
Not adds even and only its-figure-hiding-fuill-blown-
case
Shows so we must minutely see into it to see its

아닌 것과도 다르게 아니고. 그때 미국 바퀴벌레

훨씬 더 컸거든. 지금 붉은 것이 유일하게 습기 찬,

패션 디자인만 붉은 실내장식의 실내에서 말이다.

가난 덕분에 이만큼 먹고 살게 된 것만이 아니다.

여전히 가난 덕분에 이만큼 살기도 한다. 구소련

주식(主食)이던 흑빵에 듬뿍 발라 먹던 캐비아

맛을 작고 사치스러운 병에 담겨 야금야금 핥아먹는

고급선물 캐비아는 낼 수 없다. 미국의 Russian

Orchestral

Fireworks Pops Caviar도 팝이지 캐비아가 아니다.

소비에트를 겪지 않고 소비에트를 벗어났으니

퍼포먼스가 생은 퍼포먼스라는 전언에 지나지 않고

남은 것이 건축의 아기자기한 습관에 지나지 않는다.

낡음으로 단정한 건물 사진에 맞춘 낡음으로 단정한

책이 남은 거다. 그것만 해도 시계 눈이 너무 커다란

기적이지. 너무 뒤늦은 만년 괴기의 보석함 치고

그렇게 너무 뒤늦은 만년 괴기의 보석함이 없다.

전쟁과 참화를 고스란히 떠안으려 다소곳이

기다리는 자세에 빈틈이 없다. 때 묻은 고동(古銅) 니스

칠 목재 가구 얼굴의 표정 깊은 파사드, 첫 생업의

true self.

That contradiction is hope. Stalin also is not a case of advancing more than

The slaughter's benevolent Enlightened monarch, no, haven't I already said?

And unlike also the way dictionary of history's item's chronological re-enumeration

Is not history and re-enumeration of history in index is not dictionary of

History, no. For those days the USA cockroach

Much larger was. Now that the red is the only moisture-laden,

That the fashion design only is red, in interior design's interior I mean.

In virtue of poverty we not only came to make this much living.

Still in virtue of poverty we but also make this much living. Former Soviet Union's

Staple food dark bread's slather caviar's

Taste the small-luxuriant bottle's little by little licking

Upscale gift caviar cannot taste. The USA's Russian Orchestral

Fireworks Pops Caviar also is pop not caviar.

Having broken out soviet without suffering it

Performance is nothing but 'Life is performance' message and

Remains are nothing but architecture's cute and happy custom.

Adapted to the neat-with-threadbareness building photograph the neat with-threadbareness

단어 빛나는 석탄 까망 직전의. 무시하는 훈련을 아직 받지 못한 가여운 것들. 이를테면 글래스고, 글래스고 어감도 그렁 눈물 각이 지는 슬픔의 철갑 직전인 듯. 삐죽삐죽이 제거된 높이의. 세월의 벌어지는 다리를 애써 오무리는, 오무림을 꽁꽁 묶는 벽돌의. 그것이 미래의 더 창백하고 더 단단한 유령의 반복이라 해도.

Book remains it is. That is sufficient to be the
clock's-eyes-too-big

Miracle sure. As for the too-belated late years gro-
tesque jewel-box

The such-too-belated late years grotesque jewel-box
there is not.

To take war and terrible disaster intact on modestly

Waiting attitude have its head screwed on right.
Soiled reddish brown

Varnish work wood furniture face's expression-deep
fa ade, just prior to

First making-a-living-word-glittering coal-blaclness.
Trained in disdaining

Not yet, poor things. Such as Glasgow, Glasgow

Nuance also as if just prior to brimful tear's angulat-
ing sorrow's armor.

Of the jaggedness-eliminated height. Of bricks that
ties up the

Closing that closes drudgingly time's widening two
legs. Even though it is

The future's paler solider ghost's repeat.

비탄 신생

비탄을 기어코 따스함으로 바꿔내기 위하여
따로 이어지는 이야기는 강철 심장이다. 우리가
이야기하지 않고 비탄이 이야기하지 않고 우리의
비탄이 그 이야기에 물끄러미 고개를 숙이는
소름이 끼친다. 공포 없이 웅장한 건물 실내가 기둥
모양 없이 더 웅장해지는 실내의 소름이다. 뒤돌아
보지 않아도 어느새 앞서 있었던 거지. 신생(新生)이
울음 운다.

어떤 과거도 없는, 까닭도 미래라는 명징한 까닭 밖에
없는 비탄이다. 숨죽이지 않고 보이지 않고 높이
솟구치는 비탄이고 들리지 않고 넓게 퍼지는 비탄이다.
육체는 주눅 든 정신 앞에 마음껏 활짝 펼치라 너의
난해가
스스로 난해하지 않을 때까지 엄청날 것이라는 끝내
다하지 않을 너의 생각을 세포보다 더 세세하게. 그렇게
답하라 육체의 육체적인 미래 언어로 잠이 왜 잠이고
꿈이

Dole Newborn

The dole by all means into the warmth to change-
make
  Separately continuing story is steel-hearted. We
Do not run it and the dole do not run it that Our
Dole at the story with a vacant look lowers its head,
  Goose dimples it gives me. That without magnifi-
cent building interior without pillar
  Shape is getting more magnificent, interior's goose
dimples those are. Without backward
  Looking even in no time sure in advance were.
Newborn weeps a weeping.
  That without any past, reason also without any
except the pellucid reason called
  The future, the dole it is. That do not hold its breath
and do not be seen and do high
  Soar, the dole it is and the not-being-heard and
broad-spreading dole it is.
  Body, you, in front of cowered spirit, unfold to your
heart's content wide that your illegibility
  Until by itself not illegible will be enormous, your
thought to the last
  Not to be exhausted to the last, more in detail than

왜 꿈이었는지. 정신이 때로는 육체의 폭력적인 요약,
미신(迷信)에 지나지 않고 육체의 비탄이 스스로 이어
지는
까닭에 이르지 못하고 모습에 달할 수가 없다. 앉아서도
누워서도 육체가 비탄으로 길게 늘어나며 서있을 뿐.
심지어
비탄이 비탄의 존재조차 알 수가 없다. 비탄의 눈자위가
검을 뿐. 그러나 그렇다 그것만으로 육체의 신생, 비
탄이
우글거리는 거룩을 낳았다. 비탄을 기어코 따스함으로
바꿔내기 위하여 따로 이어지는 이야기는 내가 이 나이
나의 생애로 나의 부모 결혼사진을 보는 것처럼 후대에
후대가 후대로서만 볼 수 있다. 아가멤논의 황금
데스마스크처럼, 두 다리가 무너져 내리는, 아름다운
여인과의
운명적인 조우, 그것의 치명적인 반복처럼, 그래도
죽지 않는
육체의 구태처럼. 구태의 대중성, 공산주의 멸망, 분
량 많은
시대 착오, 초창기 사진, 모르는 19세기 독일 베스트

cells. So

Answer in body's bodily language why sleep was sleep and why

Dream was dream. Spirit sometimes is body's violent summary, is

Nothing but superstition and at the reason and to the shape of the body's

Dol's by itself continuance cannot arrive and cannot amount. Both seated

And lying the body is with the dole stretching long is only standing. Even

The dole cannot know the dole's existence even. The dole's part of the eyeball is

Black just that. But yes with only that body's newborn, the dole

To the swarming holiness gave birth. The dole by all means into the warmth

To change-make separately continuing story as I see at my age

With my lifetime my parent's marriage photograph so at an after age

Posterity only as posterity can see. Like Agamennon's golden

Death mask. Fateful encounter with the both-legs-collapsing,

Beautiful woman, like its fatal repetition, like never-

셀러

　작가의 미국 서부개척사 소재와 그의 생가, 혁명 실패
의 뒤늦은

　따분함처럼. 그때에 이르러 다시 펼치라 육체는 주눅 든
　정신 앞에 마음껏 신생, 너의 비탄을. 아인슈타인의
행성

　음악처럼. 안 만나고 잊혀졌으므로 더욱 내 명석(明晳)의
　바탕을 이루는 국민학교 동창들처럼.

theless

Not-dying body's old order. Old order's popular ap-
peal, fall of communism, large quantity

Anachronism, the initial stage photograph, un-
known 19 c. German bestseller

Writer's the USA the frontier subject natter and his
birthplace, revolution failure's belated

Boredom, like these things. Arriving at that time
again unfold, body, you, in front of

Cowered spirit to your heart's content Newborn,
your dole, like Einstein's

Planet Music. Like , because not meeting and for-
gotten the more, my-perspicuity's-

Foundation- achieving primary school alumni.

노인의 책

1.

노년이 나를 씻어낸다. 아주 얇게지만 영혼도 씻어낸다.
흐린 노년이 나를 흐리게 씻어내고 내가 씻긴다 맑게.
죽음은 거울 겉면으로 남을 일. 그 객관으로 정지할 일.
내 안의 의식 풍경도 씻지 않고 있지 않고 스스로 씻김일
일. 작아지는 것도 아주 작아지는 것도 없어지는 것도
없는 것도 씻김의 거울 겉면으로 남을 일. 너희가 나를
혹시 들여다 볼 것이나 눈에 보이는 너희가 없는 나의
시간이자 공간일 것. 느닷없는 당대의 시간이 공간이고
공간이 시간일 것. 얼굴도 얼굴들도 나의 책도 책의 책
속에 그렇게 씻김, 노인의 책이다.

2.

네가 씻기지 않는다. 육체보다 더 진한 너의 내음이 너와
내가 다니던 길에서 뭉클하다. 아파트 그 방, 심장 마구
쿵쾅댄다. 사랑은 내가 너의 씻김 속으로 온전히 들어
갔던

Old Man's Book

1.
Old age washes off me. Though very thinly the soul also it washes off.

Cloudy old age cloudily me washes off and I am being washed off clearly.

Death is an occurrence to remain as the mirror-surface. With that objectivity to stop, an occurrence.

My inside's consciousness-landscape also is not to wash and not to be but itself to be washed,

An occurrence. Both smaller-becoming and smallest-becoming and missing-becoming

And missing also is to remain as the mirror-surface of being washed, an occurrence. Ye me

By any chance may look into but shall see without visible ye my

Time=space. Unexpected contemporariness' time shall be space and

Space shall be time. Both face and faces and my book also inside the book

Of book so the being-washed, old man's book it is.

2.
You are not being washed. Your thicker-than-body smell at you and

Me's frequent street touching is. Apartment the

것과 같이 들어와 다오. 노년이 그렇게 나를 칠하고 또 칠한다. 거울 겉면이 다시 만날 수 없는 사랑의 미로(迷路) 될 때까지. 오 그 경악한 육체의 유행가 그런 뜻이었구나.

아아, 그 천박한 탄식 그런 공간의 시간이었구나. 너를 담을 격정의 형식이 필요하였다. 그것이 나의 오감이고 영혼이었던 것을. 나의 노년이 사랑의 도피 못하고 다만, 노인의 책이다.

3.

소리는 네가 처음의 자연으로 헐벗고 또 헐벗기를 바라는

소리가 된다. 너로 하여 가장 깊은 슬픔의 화려에 가 닿은

줄 알았으나 네가 없는 세상 도처 그보다 더한 슬픔으로

화려하다. 너로 하여 가장 드넓고 튼튼한 울음의 장엄을

품은 줄 알았으나 네가 없는 시간인 음악이 너의 금딱지

몸으로 흐른다. 몇 배로 낯 붉고 뜨겁게 되살아난 기억을

칠하고 칠하는 눈 먼 노년은 지울 수가 없다. 내가 늙지

room, heart blindly

Pounds. Love, you, as I into your being washed in
my entirety

Had gone, so into come please. Old age so paints
and paints

Me. Until the mirror-surface love's neve
again-meetable labyrinth

Will become. O the astounded body's popular song
meant that.

Alas, such a vulgar form such a space's time it was.
You

To embody was uneasiness's form needed. It was
my five senses and

Soul I know now. My old age cannot do a runaway
match and only,

Old man's book it is.

3

Sound becomes wishing you may with nature be
naked and naked wishing

Sound. Due to you I thought to have the deepest
sadness's splendor

Touched but without you world's everywhere with
the more sadness

Splendid is. Due to you I though the widest solidest
weeping's solemnity

To have embraced but without you Time that is
music flows as your

Gold-case body. Several times face-blushed and hot

않았기를 바라는 마지막 바람도 있다. 후회라니. 형벌보다

조금 낮게, 조금 더 쓰라리게 감미로운 벌로 받은 대저택

슬픔의 온상(溫床), 노인의 책이다.

4.

네가 우선 나의 사진을 더 중요하게 사진 속 나의 초상을

지울 수 있었다. 동화 속으로 거슬러 올라갈 죽음이 내게

없는데 너로 하여 있는 무수한 얼굴도 네가 사라지게 해

다오 그럴 수 있다면 사라진 방앗간들이 사라지는 식으로.

검정색 안 되지, 최소한 너의 일은 나래비, 나래비, 나래비

한없이 늘어설망정 윤곽도 검정은 안 되지. 살아있는 한

차갑게 식었을망정 눈물이 하얗게 다 마를 수 없음이다.

너의 빈약과 희박이 싱싱해서 나를 미치게 한다. 오래된

봉함엽서도 동화 속으로 거슬러 올라갈 죽음이 없으므로

쭈글쭈글, 노인의 책이다.

revived memory

The paining and painting blind old age cannot erase at all. For me not

To have become old, The last wish there is too. No Regret. Than punishment

A little lower, a little more bitterly sweet penalty's decided grand mansion

Sadness's hotbed, old man's book it is.

4

You might first my photograph more importantly my portrait in photograph

Erase. Death to trace up into fairy tale being to me

Missing the numberless faces due to you also let dissolve please

For me if you can do so in the way vanished mills vanish.

Black sure no, at least your occurrence is ならび[3], ならび, ならび

Though endlessly lining up even contour no black sure. While living

Though cooled cold, fact is that tears all white dry cannot.

Your scantiness and frailty are vivid and make me mad. Antique

Sealed post card also, the death-to trace up into fairy tale being missing to it,

Crumpled, old man's book it is.

3 row

5.

동화작가에게 가장 무서운 곳은 자신의 생가가, 있다면,
아닐까. 내가 나의 생애로 나의 생애에 도대체 무슨
짓을 저지른 거야, 그러지 않을까, 혹시 있다면, 그래서
그림 형제가 생가 없고 동화만 있는 그림 형제 아닐까.
그렇게 너와 내가 마지막으로 나눈 대화가 답이 없는
질문과 질문들의 마지막 동화였을 것. 그래서 마지막도
음악이었을 것이고 그것이 고마운지 원망스러운지도
답이 없다. 다만 너의 아름다운 영혼의 몸이 동화라는
세계를 재가했다. 네가 없는 동화, 역사가 삭제된 처음
보는 두려움, 노인의 책이다.

6.

마각이 뿌리를 내리는 곳은 영혼이다. 육체는 기껏해야
못 볼 것을 보았다는 경험이지. 악몽을 노래하는 것은
영혼이다. 그래서 노래가 극(極)이고 낙(樂)이고 그래서
종종 무대가 자살이지. 시인이 그 뒤에 아니 그 후에
물론 뒷수습을 위해 있다. 육체의 못 볼 것이 영혼의
못 볼 것은 아니고 영혼의 마각이 육체의 마각은 아닐
때까지 있다. 음악이 음악일 때부터 영화가 영화일

5

To children's book author the most terrible place is
his birthplace, if it there is,

Maybe. What wrong on earth have I with my life-
time to my lifetime

Committed, says he maybe, if by any chance there it
is, and therefore

Grimm brothers are Grimm brothers without birth-
place and with fairy tales only maybe.

So you and me's last shared dialogue would have
been answerless

Question and questions' last fairy tale. So the last
too would have been

Music and whether for it thankful or resentful is
also

Without answer. Only, your beautiful soul's body
the world called

Fairy tale sanctioned. Fairy tale without you, the
history-deleted first-

Seen fear, old man's book it is.

6

The place where devil's cloven foot roots is Soul.
Body is at most

Experience having seen what it must not see sure.
What sings nightmare

Soul it is. So song is extreme and pleasure and so

Now and then stage is suicide sure. Poet there is
behind it, nay after it

때까지 있다. 여기서는 죽음도 자신을 계속 씻어낼
밖에 없다. 지울 수 없는 가난의 악취보다 더 두려운
네가 없는 마각, 노인의 책이다.

7.

흑백은 관념의 색, 흑백 사진 없다. 오랜 세월이 어떤
식으로든 오래된 색을 사진의 시공으로 남긴다. 일이
다 끝난 후 사진이 남거나 남을 밖에 없어서 아니라
거기가 끝이고 그게 다인 까닭으로 그렇고 바깥에서
우리가 그 까닭에 몸서리치지 않는 것 또한 사진의
일이다. 그러나 흑백은 관념의 색, 흑백 사진 있다.
미래도 너무나 지난하면 결국 발굴이라는. 이를테면
지난할수록 화려한 여성의, 지난할수록 결과 아니라
형식인 성(性)의, 코카콜라 맛과 색, 벌이 죄의 형식일
때까지 지난한 너의 흑백, 노인의 책이다.

8.

얼마나 커져야 안경의 모종(某種)도 벗고 액자일 수
있는 그런 식으로 우리가 모종의 속을 깊게 들여다
볼 수 있나. 얼마나 길어져야 생가의 모종도 벗고

Of course for affair-settlement. Until body's what
must not be seen is not soul's

What must not be seen and soul's cloven foot is not
body's cloven foot

He there is. From when music shall be music till
film shall be film

He there is. Here Death also cannot but wash itself off

Continuously. More fearful than inerasable pov-
erty's stench,

The cloven foot without you, old man's book it is.

7

Black and white is idea's color, black-and-white pho-
tograph there is not. Long time in any

Way old color as photograph's space-time leaves.
Not because

After its work is all over photograph remains or
cannot but remain but because

That is the wend and that is all it is so and outside

We do not at the reason shudder, that also is photo-
graph's

Work. But black and white is idea's color, black-and-
white photograph there is.

That even the future is, if too difficult, in the end
excavation. So to speak

That the more difficult the more splendid female's
the more difficult rthe more not result

But form is, gender's, Coca-Cola taste and color,
That difficult till penalty is crime's

생(生)이 가(家)일 수 있는 그런 식으로 모종의
바깥을 멀게 내다볼 수 있나. 안경 쓴 사람이 안경
쓴 사람일 수 있고 생가 있는 사람이 생가 있는
사람일 수 있는 그런 식으로 우리가 의외로 많은
것이 될 수 있다. 얼마나 더 살아야 의외의 모종을
벗을 수 있나, 그렇게 물을 필요가 없어지는 날이
살아서 올 수 있다. 형형한 교활, 노인의 책이다.

9.
어긋난 풍경은 그 자리에서 어긋나는 풍경이 풍경
안에 있는데 1년, 2년, 10년, 50년 100년 세월이
바깥으로 빠져나가지. 연극 공연 기억일 거다. 네
체취의 거인족, 초연(初演). 실패한 혁명을 남기기
위해서라도 색을 입을까 말까 망설이며 우리는
더 작아질 밖에 없었다, 어긋나는 풍경이 떠나기
전(前) 찍은 가족사진이었을 거다. 아기자기하고
왜소한 아름다움의 상자, 이제는 네 체취가 희망의
검어서 튼튼하고 검어서 우람한 형식이다. 울음을
참을 수 있는 울음의 내용, 노인의 책이다.

Form, your black-and-white, old man's book it is.

8

How bigger must we grow in such way as we take off even the eyeglass's

Certain kind and can be frame to be able to look deep into the

Certain kind's inside. How longer must we become in such way as we

Take off even the birthplace's certain kind and birth can be place to be

Able to look far out the certain kind's outside. In such way as the glass-wearing

Person can be glass-wearing person and birthplace-having person can be

Birthplace-having person we can unexpectedly many

Things become. How more must we live to be able to take off

The unexpected certain kind. The day when necessity to question so cease

Can come while alive. Glaring cunning, old man's book it is.

9

Misaligned landscape is on the spot misaligned landscape in landscape

There is and/but, 1 year-,2 years-, 10 years-, 50 years-, 100 years-time

To the outside slip through sure. Drama perfor-

10.

나의 낯선 청년 하나 아침의 헌정, 입맞춤 같은
그가 자신이 스케치한 산책 풍경 속으로 너무
멀리 떠나간다. 생애 피살 없는 것이 인생인 듯
피살 없는 인생이 생애의 완성일 때까지 떠나는
것처럼 떠나간다. 벙어리 침묵이 하나님 없는
오 하나님, 소리의 은총과 같다는 듯 떠나간다.
낮의 노고만 보이고 전례 없이 안 보이는 밤이
전례 없이 감격적인 수집 속으로 나의 낯익은
청년 하나 지각(遲刻) 없는 자신의 부고 속으로
너무 멀리 떠나옴, 노인의 책이다.

11.

배 나온 내가 나의 미래를 걱정할 때 과거의
화재도 과거에서 반성하리라 믿는다. 왜냐면
내가 저지른 불장난이고 과거가 미래를 탓하지
않는 것보다 더 멀쩡한 시간은 없다. 경멸이
다 하지. 그냥 문자나 문법이 나라마다 조금씩
다르다는 정도? 멀쩡한 시간이 멀쩡한 환희에
이른다. 미래가 과거를 탓한다면 정반대겠지.

mance memory it should be. Your

Body-smell's Titans, the first performance. Failed revolution even to bequeath

The colors-put-on-or-not hesitating we cannot but

Smaller became. Before misaligned landscape departed

It was taken, family photograph it should be. cute and happy and

Undersized beauty's box. And now your body-smell is hope's

Black therefore sturdy and black therefore brawny form. The weeping-

Endurable weeping's content, old man's book it is.

10

My strange youth one, morning's tribute, kiss-like

He into his own sketched stroll landscape too

Far departs. As if missing the Lifetime-being-murdered is life

Like departing until the-being-murdered-missing life is lifetime's

Completion he departs. As if mute silence equals to grace of

Sound 'O God' without God he departs.

That only day's hard work is seen and unprecedentedly unseen night is

Unprecedentedly effervescent, collection, into that my strange

Youth one into the news without lateness of his

멀쩡하지 않은 시간이 멀쩡하지 않은 슬픔을
낳을 것이다. 거기까지가 역사고 그 장소와
그 점이 멀쩡한 슬픔, 노인의 책이다.

12.
네가 유일하게 남은 아름다움의 개념처럼
있고 내가 그것을 구체화할 일이 남지만
육체가 이제껏 아름다움의 수분을 내주며
네 안에 쌓여온 아름다움의 관(棺)을 본다.
일체의 관음(觀淫)없이 흐느낌 없이 느끼는
경이(驚異)의 비극을 온전히 받아들인다.
나의 육체가 습기 하나 없이 가장 육체적
이라는 사실이 영원이다. 모든 것이 남는다.
육체의 개념이 아름다움이고 아름다움 그
개념, 남음 그 자체, 노년의 책이다.

13.
노년이 나를 씻어낸다. 아주 얇게지만 영혼도
씻어낸다. 흐린 노년이 나를 흐리게 씻어내고
내가 씻긴다 맑게. 죽음 없다. 객관의 정지가

own death
Too far leave-come, old man's book it is.

11

When pot-bellied me am worried about my future
the past
Fire should be also reflecting on itself I believe.
Because
Playing-with-fire I committed it is and there is not
more stone-sober time
Than the past that would not blame the present.
Contempt
Is exhausted. Just that letters and grammar of each
country little by little
Different, Degree? Stone-sober time reaches stone-
sober
Delight. If the future blames the past the opposite
should happen.
Not-stone-sober time should brood not-stone-sober
Should. That much is history and the place and
The point, stone-sober sadness, old man's book it is.

12

You like one and only remaining concept of beauty
Are and My work to materialize it remains but
That body until now yielding beauty's moisture
In you have been accumulate, beauty's coffin I see.
Feeling without every bit of voyeurism without sobs
That wonde's tragedy I in its entirety accept.

있다. 내 안의 의식 풍경 없다. 씻김의 거울,
그것은 나의 육체인 네가 나의 육체로 씻김,
노인의 책이다. 그렇게 말하는 대대(代代),
노인의 책이다. 없는 시간과 없는 공간 사이
등호(等號)로 있는 시간과 공간의 있음 있는
세상, 노인의 책이다. 마침내 요정들 짓궂은
장난도 소멸, 노인의 책이다.

The fac that my body is without any moisture the most
Physical is eternity. All remains.
Body's concept is beauty and beauty the
Concept, the remain itself, old man's book it is.

13
Old age washes off me. Though very thinly the soul also
It washes off. Cloudy old age cloudily me washes off and
I am being washed off clearly. Death there is not. Objectivity's stop
There is. My inside's consciousness-landscape there is not. Mirror of being washed,
It is you who are my body is being-washed as/with my body,
Old man's book it is. So-saying successive genera-tions,
Old man's book it is. Between missing time and missing space
As-a-sign of-equality-present-time-and-space's-presence-present
World, old man's book it is. At last faeries' mischievous
Jokes also extinction, old man's book it is.

에필로그
Epilogue

손녀 장난감 인형 on/off

꿈에서만 있는 미운 다섯 살

손녀를 꿈에 호되게 야단쳤다.

하루 일을 사사건건 야단쳐

기어이 울렸다.

그리고 부를 노래를 다 부른 가수

인형을 장난감으로 주었다.

꿈에서만 있는 인형이다. 야단친 게

미안해서 준 건지 주기 위해 우선

야단을 친 건지 여부가 흐리고,

그게 중요할 것 없는 인형이다.

On/off가 있는 인형이다. 부를 노래를

다 부른 가수이니 On/off가 무슨, 무엇의

on/off인지 흐리고, 그게 중요할 것 없는

인형이다. 제일 먼저 그 인형이 부를 노래를

다 부르고 죽은 가수 인형인지 아직

살아있다는 건지 흐리고, 그게 중요할 것

없는 인형이다.

Granddaughter Toy Doll on/off

Only-in-dream-present naughty-five-years of age
Granddaughter in dream severely scolded.
Scolding a day's occurrence alow and aloft
Finally to make her cry.
And all-songs-to-sing-have-sung singer
Doll as toy I gave her.
Only-in-dream-present doo it is. Whether scold's
Sorry gave or to give was scold's above-all motive is
cloudy, and
That need not be important for doll it is.
On/off-having doll it is. Being all-songs-to-sing-
Have-sung singe what, wats' on/off is
On/off is cloudy, and that need not need not be
important
For doll it is. In the first place whether that doll is
all-songs-to-sing-
Have-sung dead singer doll or still
Alive is cloudy, and that need not be Important
For doll it is.
Granddaughter Toy on/off Doll. That The child
Though having experienced all experiences to expe-

손녀 장난감 on/off 인형. 그 아이가

겪을 것을 모두 겪고도 포동포동 미운

다섯 살 바로 그 모습인 인형이다.

나의 손녀 야단을 모질다 탓하던 아내와

나의 며느리들과 나의 아들들이 얼굴부터 몸 전체가

모두 사라져 하나도 흐리지 않게

바로 그 모습인 인형이다.

하나도 흐리지 않다.

rience is chubby naughty-

Five-years of age the very figure shape, doll it is.

That my wife who have blamed my granddaughter-
scolding and

my daughters-in-law, my sons from faces the whole
bodies are

All vanish and not cloudily at al

The very figure is, doll it is.

Cloudy not at all.

시인노트
Poet's Note

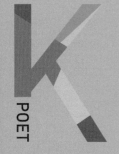

POET

『개인의 거울』이후 쓰고 발표한 것들을 모았다.

COLLECTED AFTER MY LAST COLLECTION ⟨INDI-
VIDUAL MIRROR⟩

시인
에세이
Poet's Essay

POET

'내 시에 대하여'에 대하여

데뷔 초 무슨 여성지에 시를 청탁 받고 시작 메모까지 쓰다가, 말 그대로 고혈을 빨리는 기분이 들었다.

시 한 편에 그 시 한 편에 관한 한 어떤 식으로든 채움 쪽으로든 비움 쪽으로든 모든 것을 집어넣어야 시 한 편인데, 무슨 이야기를 더하라는 건지? 그런 '제도'가 그때도 성행했지만 내게는 어떤 일제강점기 시대 문학청년 잔재처럼도 느껴졌고 그 후로 시작 메모가 있는 청탁은 모두 거절했다. 그리고 거절이 습관을 넘어 원칙과 고집으로까지 되었는지 드문드문 눈에 띄는 다른 이들의 시작 메모들 가운데, 불필요하지 않거나 아예 다른 시로 써야 할 것들이 아닌 경우를 찾기 힘들게 되었다. 심지어 시작 메모가 시보다 더 나은 경우도 적지 않았다.

하지만 시 한 편에 무슨 시 한 편의 남은 숨결처럼 따라붙는 짧은 메모가 아니라 '나는 왜 시라는 것을 쓰고 있나?' 하는 보다 생활적인 자문에 이르면, 내가 무엇에 관해 글을 쓰든(사실 지겨울 정도로 숱한 것에 대하여 지겨울 정도로 숱하게 썼다) 글이 길어질 경우 반드시 그 자문에 대한, 아니 묻지 않아도 답변하고 싶은 노력이 대개 시작되기 마련이고 그 노력이 결코 완성에 이를 수 없다는 생각이 그 노력을 그만두게 하지 않는 경우가 대개 벌어진다. 그것은 오히려 글쓰기의 가장 중요한 속성 가운데 하나다.

생각을 정리하느라 글을 쓰다 보면 오히려 글이 생각을 정리해주는 느낌이 들듯, 내 생각에 시 밖의 생각이 오히려 내 시의, 나로서는 매우 애매한 방향을 정리해주는 것 같다. 몇 년 전 내가, 돌이킬 수 없이, 이렇게 써버렸다.

내게… 모더니티를 말하라면, 공적인 죽음에 관통 당한 경험의 감수-응집 미학 체계라고 답해야 할 것 같다. 그렇게 깨달아서 장시를 쓰기 시작한 것이 아니다. 한참을 쓰고 난 뒤에 갑자기, 아 이것 때문에 내가 이 지랄이구나, 하는 생각이 아이디어처럼 떠올랐다. 국가나 권력이 공적이고 개인이 거기 맞서 있다는 생각은 너무 단순하고 순진하다. 국가 권력이 계급과 계층을 두루 아우르는 '공적'에 달한 상태를 우리가 다름 아닌 유토피아라고 부르는 까닭이다. 공과 사는 서로 반대말 맞다. 생의 기쁨이 지금보다 더, 그리고 갈수록 더 사적으로, 죽음이 지금보다 더, 그리고 갈수록 더 공적으로 되어갈 것 맞다. 오래전부터 그래 왔다. 우리가 그 점을 잊고 있을 때 개인의 공적인 죽음이 느닷없이 공과 사의 경계를 찢어발기는 동시에 원상태로 만드는 방식으로 일깨워준다. 내 문학의 젊은 날 공적인 죽음이 숱했고, 거의 연일 이어지는 느낌이었다. 연락 받고 10분 만에 추도사를 써 들고 갔던 때도 있었으니까. 느닷없이 내 사적인 일상 속으로 찢겨 들어온 죽음은 아무리 거듭되어도 생경하고 끔찍했지만 세월이 너무 흘렀고 나는 그 경험을 잊고 싶었고 급기야 잊은 줄 알았다. 그러나 그게 아니었던 것이다. 그 죽음들이 내 일상에 아주 낮고 낮익게 깔려, 내 일상을 아주 조금씩 고양시켜왔던 거였다. 요즘 들어 나는 글을 쓰는 일, 특히 장시를 쓰는 일이, 가장 공적인 죽음을 가장 사적으로 살아내는 일과 비슷하다는 느낌이 확실하다. 공적이기에 느닷없었던 죽음을 사적이기에 가능한 오랫동안 살아내는 일 말이다. 그리고 모든 느닷없는, 사고의 죽음들이 모두 공적이라는 느낌, 급기야 모든 죽음이 공적이라는 느낌도 확실하다. 멀리 있건 가까이 있건, 오래 전이건 미래의 죽음이건 말이다. 그 '공적(公的)'은 기존의 어떤 윤리, 어떤 애국과도 무관하다. 오히려 기성세대의 기득권을 위해 신세대를 옥죄는 윤리라면 벗어버려야 한다는, 애국도 후대의 진전을 훼방 놓는 애국이라면 철폐해야 한다는 미래의 '최소한 must'에 가깝다. 정통의 부정으로서 잡학의 최소한도 체계화라고나 할까. 5년에 걸쳐 세계 현대시인 12인 전집 번역 작업을 작년 말에 마쳤는데 이 일도 그 느낌의 확실에 기여했을 것이다. 앞서 말한, 평생의 시가 처음의 지속 발전인 미국 시인 로버트 프로스트, T. S. 엘리엇 『황무지』와 제임스 조이스 『율리시스』 신화 해석 방식을 겹치며 고대 그리스 신화의 영광과 현대 수난을 다룬 그리스 시인 게오르게 세페리스, 패전국 독일의 신세대 양심으로 의식적인 죄의식 제의를 언어의 극한으로 수행한 독일 여성시인 잉게보르크 바흐만, 시 전집이 셰익스피어 영어의 해체-재구성 작업인 동시에 이제껏 쓰인 가장 거대하고 위대한 연애시 한 편인 아일랜드 시인 윌리엄 버틀러 예이츠, 처절하고 파란만장한 깊이에 달한 시적 비유와 사유로 '모더니즘 해'인 1922년 가장 위대한 성과를 펴냈다는 평가를 받는 페루 시인 세사르 바예호, 발칙하고 강건한 자유연애주의자로서 초기 소비에트 사회와의 체질적인 불화를 예리하게 드러내다 급기야 스탈린 시대 「진혼곡」에 유례없는 격조와 깊이의 슬픔을 담아낸 러시아 여성 시인 안나 아흐마토바, 아메리카 대륙 시적 지성의 강력한 등장이라고 할 만한 미국 시인 월리스 스티븐스, 황홀한 육체의 검은 절망을 폭발적인 초현실 극(極)서정으로 표현한 스페인 혁명시인 페데리코 가르시아 로르카, 천대받는 동성애자로서 그리스 신화의 끔찍한 파란만장이 아름다움 너머 신성의 육체를 입는 광경을 펼쳐 보이는 그리스 시인 콘스탄틴 카바피, 비운의 순수 결정(結晶)을 구현, 약소민족의 시적 양심이자 자존심으로 추앙 받는 폴란드 시인 즈비그니에프 헤르베르트, 해탈 없이 냄새 나는 일상 모던의 만년(晚年)에 달한 잉글랜드 시인 필립 라킨, 민족과 도시, 그리고 농촌의 '국제적' 차원을 이룩한 아일랜드 시인 셰이머스 히니… 이들의 시로 하여, 그리고 번역하는 행위로 하여 공적인 죽음이 훨씬 더 다양하고 깊어졌을 터. (계간《문학과 사회》 2015년 가을호, 「문학의 감수(感受) 응집 - 해방 70년 모더니티」 결론 부분.)

세월호가 침몰한 것이 2014년이니 나의 공적인 죽음이 충격적으로 갈팡질팡하며 심화할밖에 없던 그해 이듬해 쓰인 글이다. 그리고 바로 작년 많은 어른들(올해 66세인 나의)이 돌아갔다. 내 또래가 돌아갔다면 '나도 갈 나이가 되었다'는 이유로 쓰기 거절했을 추도시를 한 다섯 편째 쓰다가(그 뒤로 몇 편 더 썼다) 어떤 기시감이 왔다. 어 이러던 때가 옛날에 있었는데…! 그렇다 이 어른들, 젊은 청춘들이 차례차례 목숨을 끊던 90년대 초 그들의 죽음을 통곡하며 장례 치르며 '산 자여 따르라' 결의를 다지던, 그때도 어른들이었던 어른들이다. 그렇다. 나의 공적인 죽음이 한 세대를 겪었다. 경악과 충격이 줄고 내가 자연의 죽음에 더 접근한 바로 그만큼 나의 공적인 죽음도 깊어질 것이다.

해설
Commentary

POET

말과 종교

박수연 (문학평론가)

이십여 년 전의 시집에 있는 두 개의 진술에서 시작하겠다. 둘 모두 『순금의 기억』(1996)에서 가져왔다.

20세기의 역사. 나와 전생이 겪은 20세기사. 도대체 뭐가 잘못된 거지? 그런 질문을 나는 던져보고자 했다. 그런데 그 질문과 대답 사이에 시적으로 열려 있는 창, 창들이 보인다. 그 너머로 가는, 질문과 대답의 틀을 넘어서는 어떤 '것' 혹은 '곳'으로 가는 통로, 통로들이 언뜻언뜻하다. 그것들을 육화, 시키고 싶다. 하지만 말은, 닫혀 있다. 어쩔 것인가. 말이 말에게, 시가 시에게, 도리어 묻는다. 어쩔 것인가? 그렇게 나는 살다가 죽을 것이다.(『순금의 기억』 머리말. 강조는 인용자)

Language and Religion

Park Su-yeon (literary critic)

I begin this essay with two statements from Kim Jung-whan's book of poems published 20 years ago, *The Memory of Pure Gold* (1996):

History of the 20th century. History of the 20th century that I experienced in this life and in my previous life. What on earth went wrong? I wanted to ask that question. And I can see the window, the windows open poetically between the question and the answer. I can catch glimpses of the passage, passages toward something, or somewhere beyond the framework of this question and answer. I would like to embody them. However, language, is closed. What should I do? Instead of giving me answers, language asks of language, poetry of poetry. What

하여 모오든 유토피아가 박제된 사랑이 뿜어내
는 누추의 살기이나니, 종교에 이기지 못함은 그
때문이라……(『순금의 기억』 5부 제사. 강조는 인용자)

이 "말"과 "종교"가 그 이후 다루어지는 형식에 대해
살펴볼 필요가 있다.

첫째 인용과 관련하여 말한다면, 그는 어느덧 "말"에
묻고 "시"에 물었던 결과를 눈에 띄게 보여주기 시작한
다. 그 결과 시가 어려워진 것은 시의 언어 운용법이 통
사적 의미 연쇄의 일반성을 벗어나기 때문이다. 그의 시
대를 반영한 결과로서의 조각난 언어라고 정리되기도
하는 이 운용법들, 예를 들면 매우 자주 쉼표로 끊어지
고 이어지는 언어 호흡과 이미지 배열, 예상치 못한 의
미상의 비약과 어긋난 연결은 서사체 시 문장에 능란하
여 삶의 감성적 제시와 선동성을 소유했던 시인으로서
는, 매끈한 언어를 선호할 독자들을 고려한다면, 적지
않은 손실을 감수해야 하는 선택이기도 했을 것이다. 이
어려운 언어, 달리 말해 난해성과는 다른 복합성이라고
해야 할 의미론적 분기(分岐)의 언어들은 김정환이 2010
년대에 들어와 매우 자주 선택하는 시 형식이다.

should I do? I'll live like that and die. (From "Preface" to
The Memory of Pure Gold; emphasis added)

Thus, as all utopias are the murderousness of the
shabbiness gushed out by stuffed love, this is why
religion can't be beaten. (From the epigraph of Part V of *The
Memory of Pure Gold*; emphasis added)

We need to examine how "language" and "religion"
are dealt with since he made these remarks in order
to better understand Kim Jung-whan's poetry.

Regarding his statement in the first quote, clearly
he has been getting results from asking questions of
language and poetry. His poems have become more
difficult to decipher, because his poetic handling of
language goes beyond the normal sequence of syntac-
tic signification. These methods of handling language,
sometimes summarized as fragmented language, re-
flecting his times—for example, the flow of language
and arrangement of images, often punctuated by com-
mas, and illogical signification leaps and mismatched
connections—must have been a matter of difficult
choices for Kim Jung-whan, a poet known for his af-
fective and moving presentations due to his talent in
a narrative style of writing poems, especially when we

들어본 적 있는 소리가 언제나 쩨쩨하지만
영혼의 구성은 언제나 들어본 적 있는 소리다.
영혼은 들어본 적 없는 소리를 들어본 적이 없고
들어본 적 없는 소리가 들어본 적 없는 소리를
들어보았을 리 없다.
그래서 쩨쩨한 영혼을 진혼하는 건지
쩨쩨한 영혼이 진혼인지 영혼은 도무지
무슨 소린지 알 수가 없다 쩨쩨한 영혼의
진수인
죽음 속에서 말고는.
(...)
영혼은 들어본 적 없는 소리를 들을 뿐이다.
영혼은 들어본 적 없는 소리일 뿐이다.
들어본 적 없는 소리가 들어본 적 없는 소리를
들어보았을 리 얼마든지 있을 것이다.
　　　　　　　　　　　—「쩨쩨한 영혼 진혼곡」 부분

　시적 소통이 시와 독자들 사이의 정서적 교류를 야기
해서 세계와 동일화되는 길로 나아간다는 점은 동양이
나 서양이나 옛날이나 지금이나 일반적으로 동의되는
사실이다. 제아무리 새롭다고 해도 시의 언어는 그 동
일화에 뿌리를 대고 있다. 그 뿌리야말로 정서적 소통
의 처음이자 끝이어서, 동일화에 실패하는 비극이나 성

consider that his readers who might prefer his usual sleek language. This difficult language, that is, the language of semantic intersections or complexity quite different from the usual modernist linguistic difficulty, is the poetic style Kim Jung-whan has been favoring in the 2010s:

> Ring-a-bell sound is small-mind all the time but
> Soul`s construction is all the time ring-a-bell sound.
> Soul has never heard an unheard-of sound and
> An unheard-of sound cannot have heard
> An unheard-of sound.
> So whether requieming the small-minded soul or
> The small-minded soul is requiem, the soul quite
> Cannot know what hell sounds like. That small-minded soul`s
> Quintessence,
> In-death excepted.
> ...
> Soul just hears unheard-of sound.
> Soul just is unheard-of sound.
> Unheard-of sound as much can have heard
> Unheard-of sound sure maybe sure.
>
> --from "Small-Minded Soul Requiem"

In the past or the present, in the East or West, people

공하는 환희 모두 그 사실을 전제한다. 슬픔이든 기쁨이든 시는 정서적 공동체를 만들어내는 언어이다. 김정환은 그 상식을 파괴한다. 그가 음악 전문가라는 사실에 비춰보면 이는 더 의미심장한데, 개념적 논리 이전의 정서 소통에서 음악이 언어보다 앞선 예술형식이라면, 음악전문가 김정환에게 정서적 공동체를 파괴하는 언어 사용은 매우 특별한 일일 수밖에 없다. 정서의 공동체를 파괴한다는 것은 그 정서의 시간과 공동 역사를 무화시킨다는 뜻이다. 그렇기 때문에 「쩨쩨한 영혼 진혼곡」에서는 전통적이거나 상식적인 의미의 소통이 만들어지기 어렵다. 알쏭달쏭한 유사어들의 반복과 비약 그리고 뒤얽힌 의미와 마침표가 등장한다. 영혼진혼곡을 들어본 적 있다는 건지 없다는 건지 명확한 파악이 안 되는 건 독자에게만 해당하는 일이 아니다. 더구나 이 요상한 스타일의 「쩨쩨한 영혼 진혼곡」은 그의 근래의 언어 용법 전반에 비춰볼때 아주 빈번한 사례이다. 시는 "들어본 적 없는 소리"와 "들어본 적 있는 소리", "영혼"과 "진혼", 그 소리를 들어본 적 "없음"과 "있음" "쩨쩨함"과 "위대함"을 반복해서 진술한다. 이것은 진술이라기보다는 거의 '배열'이라고 할 만한 언

generally agree that poetic communication brings about an affective interaction between poems and readers, and leads them to a stronger identification with the world. No matter how new is a poem's language, it is rooted in this identification. As this root is the beginning and end of affective communication, both the tragic failure of identification and the joy of successful identification presuppose this fact. Whether for sadness or happiness, poetry is the language that creates an affective community. Kim Jung-whan destroys this common sense. Considering that he is also known for his musicality, this is even more significant. If music is a form of art that comes before language in terms of its ability at affective communication, preceding conceptual logic, musically gifted Kim's use of language that destroys an affective community is particularly singular. To destroy an affective community means to nullify the time and common history of a particular affect. That is why it is difficult to carry out communication in a traditional or commonsensical sense in "Small-Minded Soul Requiem." There are repetitions of ambiguously similar words, logical leaps, entangled meanings, and full stops in the poem. It is not just to the reader that it is unclear whether the "soul requiem" has been heard or not.

어 사용인데, 이 '사물'로서의 "말"이 의미를 갖는 것은 시간의 개입을 통해서이다. 사물과 같은 동일 음운들의 어지러운 반복 배치와 함께 독자들의 머릿속에서는 시의 처음이 시의 마지막까지 살아남아서 하나의 커다란 덩어리로 움직이게 된다. 그래서 중요한 것은 '쩨쩨한 영혼 진혼곡'이 무엇인가가 아니라 그 전체적인 덩어리가 얽혀 들어 흘러가는 과정이다.

이번 시집의 다른 구절을 하나 더 살펴보자. "흐트러지는 미인은 세파에 흔들리지 / 않고 흐트러지는 미인이다. 국적도 있고 / 호호백발도 흩날리며 흐트러지는 미인은 흐트러진 미인 아니다."(「흐트러지는 미인」)와 같은 표현이 있다. 시인이 노리는 것은 명확히 언표된 내용이 아니다. 오히려 시인은 '흐트러지는 미인은 흐트러지는 미인이다'라고 동음이의어적 반복을 사용하거나 곧이어 '흐트러지는 미인은 흐트러진 미인 아니다'라고 그 반대의 방식을 사용하므로써 '흐트러진 미인'에 대한 감각을 혼란시킨다. 명확한 언어 의미가 따라서 와해될 수밖에 없다. 그 결과 나타나는 것은 "세파"와 같은 현실적 구체에 의해 형태를 지니기 이전의 무정형한 감각이거나 "국적"과 "호호백발"과 같은 시공

The curious style of this poem is typical of his recent poems. It repeatedly states a "ring-a-bell sound" and "unheard-of sound," "soul" and "requieming···the soul," "unheard-of" and "have heard," and "small-minded" and "great." In fact, they are more like arrangements than statements. And this language as objects takes meaning only through the intervention of time. Together with confused and repeated arrangements of the same or similar phonemes, as if they were objects, the beginning of the poem survives to the end of the it, making the entire poem move as a large mass in the minds of the reader. Therefore, what's important is not what "small-minded soul requiem" is, but the process in which the entire mass is intermingled.

Let's look at another example: "A beauty being in disorder is not shaken through life`s ups and downs/ And is a beauty being in disorder. Has her nationality also and/

Hoary hair flutters also and a beauty being in disorder is not a beauty/In disorder." ("A Beauty Being in Disorder"). What the poet wants to achieve here is not the content of the statement. Rather, the poet confuses our understanding of "a beauty being in disorder" by using repetition ("A beauty being in disorder is··· a beauty being in disorder."), and then immediately

간에 의해 한정되지 않는 감각이다.

구체적 형태도 없고, 시공간의 규제도 받지 않는 것이 있다면 그것은 무엇일까? 김정환이 이번 시집에서 유독 강조한 무시간적 생명 의지는 죽음을 거느리되 죽음을 초월하는 욕망으로 연결된다. "한 5천년 뒤에도 내가/ 살아있을 것 같다"(「프롤로그: 페넬로페의 실」)는 이 무시간성의 감각이야말로 무정형의 감각이 펼쳐지는 도저한 배경일 것이고, '닫혀 있는 말'에 계속 질문하거나 유토피아를 대체하는 종교를 탐구하여 최근에 도달한 지평일 것이다.

삶이 그렇다면 언어도 그럴 수밖에 없다. '아이는 어머니에게 용감한 죽음'(「이모」)이라고 쓸 수 있을 만큼, 초기 시부터 지금까지 김정환의 무궁한 주제가 '죽음'이었음을 독자들은 잘 알고 있는데, 그래서 근래의 노년의 각성과도 같은 시는 죽음을 통해서만 해결 가능한 삶의 아포리아를 진술하는 듯하다. 아포리아이기 때문에 문제의 해결은 '문득', 다른 길이나 방식으로 '언뜻' 나타난다. 이 생각을 시인이 보여주는 것은 당연한데, 그가 사물로서의 "말"을 이곳저곳에 뿌려놓은 듯 배치하듯이 해결은 시간 밖의 시간, 요컨대 "역사 아닌 역

reverses the statement ("a beauty being in disorder is not a beauty/In disorder"). Accordingly, it is inevitable for the regular meanings of the language to fail, which results in an amorphous feeling, before taking a form in the concrete reality of "life's ups and downs," or a feeling unlimited by time and space, such as in "nationality" and "hoary hair."

If there is anything that does not take concrete forms and is unlimited by time and space, what is it? The timeless will to live that Kim Jung-whan emphasizes in this book is connected to a desire to both control and to overcome death. This feeling of timelessness, expressed in the lines "Even after about five thousand years me/May be alive it seems" ("Prologue: Penelope`s Thread"), must be the perfect background for an amorphous feeling as well as the horizon where Kim has recently arrived, at last, by continuing to ask the "closed language" or by exploring religion to replace utopia.

As life is, so is language. His readers know well that death has been Kim's persistent theme, since his early poems, as when he wrote: "A child is a brave death to its mother." ("Aunt"). Kim's recent poems, like an awakening in one's old age, seem to state aporias of life that can be solved only through death. Because

사"나 "시간 없이 시간 밖으로"부터 "언뜻" "문득" 나
타나는 것이다.

정리해보면, 동음이의어를 이용하여 "문득" 의미가
뒤집어지고, 왜 뒤집기가 필연적인가를 알려주지 않은
채 시어의 음가적 유사성으로만 "언뜻" 이질적 의미가
비쳐지는 언어 나열이 있다. 말을 상식적 의미 연쇄와
무관하게 배열함으로써 독자들은 부서진 언어들을 우
선 경험한다. 이 파편 언어란, 현실의 반영이되 현실의
재창조로 나아가는 방법이다. 독자들이 처음 만나는 감
정은 당혹감일 것이다. 말이 되지 않는 말, 의미를 이루
기 어려운 구절, 종잡을 수 없는 소재들의 배치와 종결
들이 시의 형식으로 제시되기 때문이다. 최근의 시 형
식에서 이 언어들이 묘한 것은 형언할 수 없는 의미 내
용이 그를 통해 드러나고 전달된다는 사실이다. 개념화
되기 이전의 시적 내용이 무정형의 감각 덩어리로 시에
전경화된다고 해도 될 것이다. 이것을 말로 정리해두는
것은 저 무정형의 감각 덩어리를 그 덩어리의 현존 자
체에서 떼어내 개념화하는 것과 같다. 독자들은 시에서
정동의 흐름을 경험하지만, 개념은 그것을 논리로 만든
다. 개념적 설명은 그런 의미에서 정동 자체가 아니다.

they are aporias, that is, contradictions, the solution to the problem of understanding his poems appears "by chance" and "casually" as different roads or methods. It is natural that the poet thinks this way. Just as he arranges "language" as objects, as if scattering words here and there, the solution appears "by chance" and "casually" from time outside of time, that is, history that is "not history" and "without time out of time."

In short, we find lists of words, the meanings of which are reversed "casually" through the use of homonyms, and which show different meanings of "by chance" through the use of similar phonemes, without explaining why the reversal is inevitable. By arranging words without the usual sequence reflecting their meanings, the poem leads the reader to first experience broken and fragmented language. This fragmented language is both a reflection of reality and a way toward its re-creation. The reader most likely first experiences disconcertedness, because of this poetic presentation of language that is not language, phrases of which it is difficult to make sense, and arrangements and conclusions of confused material. Language in his recent poems is stylistically curious, because it conveys and reveals indescribable meanings. Poetic contents before conceptualization are

정동은 말 이전의 사물처럼 비주관적 상태로 존재하는 것이다.

본디 김정환은 이야기에 능한 시인이었다. 그의 장시만을 말하는 것이 아니다. 첫 서정시집에서부터, 그의 시에는 일상을 채우는 사소한 요인들이 자주 등장했는데, 이것들은 시의 압축적 수사를 위해서가 아니라 사소한 일상을 역사적 사건으로 심화시키기 위해서였다. 관념적 수사가 언어의 선택에 집중한다면 일상의 전개는 사건의 접속에 집중할 것이다. 김정환의 시가 포착하는 현실은 대부분 당대의 삶을 채우는 사건이나 사물들에 강렬한 정서적 반응과 운동을 부여하는 과정의 구성물들이었다. 이것을 현실의 역동적이며 역사적인 진보라는 이름으로 확장시킨 시집이 『기차에 대하여』(1990)이다. 당시의 세계사적 국면은 사회주의권의 대대적 전환 속에 있었지만, 김정환을 포함하여 한국의 지식인과 기층민중들은 자본주의 이후의 사회구성체를 더 적극적으로 사유하는 중이었다. 세계사의 전환이 한국에는 더디게 오고 있었다.

이런 더딘 변화가 사회주의권의 몰락과 함께 급격한 변화로 바뀔 수밖에 없다는 점은 분명하다. 『기차에 대

foregrounded as a mass of amorphous feelings in Kim's poems. To speak about it is as if to conceptualize this mass of feelings out of the context of its existence. While readers experience the flow of affect in a poem, concepts turn it into logic. In this sense, conceptual explanation is different from affect. Affect exists in an un-subjective state, like pre-language objects.

Initially, Kim Jung-whan had a talent for storytelling. I'm not speaking just about his narrative poems either. From his first book of lyrical poems, he frequently dealt with the trivial matters that fill everyday lives. Rather than using intensive rhetoric, he intensified and turned trivial, everyday details into historical events. If conceptual rhetoric focuses on the choice of words, everyday details focus on contact with events. The reality captured in Kim Jung-whan's poems was mostly occurrences that constructed intense affective responses to and movements within events and objects that fill the daily life of his times. It was in his book of poems *About Trains* (1990) that he expanded the reality of his earlier poems into a dynamic and historical progress of reality. Although the world was changing dramatically at that time, with the collapse of the Soviet Bloc, Korean intellectuals and people were still engaging in actively envisioning a social

하여』 이후 『사랑, 피티』(1991)와 『희망의 나이』(1992)에는, 희망을 상실한 자의 낙담과 그림자가 드리워 있기는 하지만, 여전히 그의 시적 장기인 서사체 문장들이 전면에 나타나 있다. 이것이 바뀐 것은 『하나의 이인무와 세 개의 일인무』를 거쳐 『텅 빈 극장』에 이르러서이다. 전자에는 감각이 등장하고 후자에는 파편이 등장한다. 감각은 드러내거나 수용하기 위해 집중을 요구하고 파편은 조각난 것들을 의미화하기 위해 배열을 요구하는 법인데, 과연 감각의 시편들에 이르러 그는 서사를 배제하고 행위와 사건들에 대해서는 충돌과 비약의 방식을 전면화한다. 이 집중과 배열의 언어 체계를 은유와 환유로 오해하지 않아야 할 것이다. 수사학은 의미를 드러내기 위해 필요한 논리이지만 김정환의 집중배열은 논리 이전의 표현 형식이다. 지금 김정환의 시가 가진 거의 모든 특징은 이에 연결된다. 이번 시집과 관련하여, 그 시적 전환기에 그의 시집에 기록된 두 개의 진술을 맨 앞에서 살펴본 이유가 여기에 있다.

"말"과 "종교"가 시인의 필생의 업이 될 것이라고 예상한 독자들은 많지 않았겠지만, 앞의 인용문에서 볼 수 있듯이 그 결론은 이미 예감되어 있는 셈이었다.

system after capitalism. In a sense, then, this turning point in world history was approaching South Korea a bit slowly.

This slow change had to become quicker, though, because of the continuing collapse of the Eastern Bloc. Although after *About Trains* disappointments and shadows of those who lost hope loomed large, in *Love, Pity* (1991) and *The Age of Hope* (1992), narrative sentences, which had been his poetic characteristic until then, were still prominent. This changed in *Two-People Dance by the One and Solo Dances by the Three* (1993) and finally in *Empty Theater* (1995). Feelings take the center stage in the former, while fragments stand out in the latter. Since feelings demand concentration to arrive at revelation and acceptance, and as fragments require an arrangement for signification, the poems of feelings exclude narratives and fully introduce styles of collision and the logical leap to a world of actions and events. We should not mistake this system of language, based on concentration and arrangement, for metaphor or metonymy. While rhetoric is a logic necessary to reveal meanings, Kim Jung-whan's language of concentration and arrangement is a form of expression before logic. Almost all the characteristics of Kim Jung-whan's recent

1996년의 저 시집에서 "말"과 "종교"가 시인을 이미 사로잡고 있었으나, 그때 독자들은 그의 시에서 그와는 다른 것, 요컨대 내용과 형식의 특별한 분출만을 경험하고 있었다. 1990년대 초반의 숨 가쁜 세계사를 반영하는 언어 용법이 그것이다. 사회주의의 몰락과 역사 발전에 대한 현실 모델의 파괴 이후 그의 시는 단절되고 파편화된 언어 형식을 보여주었다. 이것은, 1980년대의 광장에서 살아왔던 사람들에게 대부분 해당되는 것으로서, 유토피아라는 역사의 종착지를 향해 가던 길이 끊겨 갑자기 절벽을 만난 사람의 특별한 심리에 대응된 표현이다. 그런데, 우리가 더 살펴보았어야 하는 것은 파괴된 세계상에 대한 알레고리로서의 파편화된 언어 형식이라는 해석 이후, 그의 시가 집중하고 있는 "말"과 "종교"에 대한 관심이어야 했을 것이다. 『순금의 기억』 이후 파편화된 세계와 그에 대한 대안으로서의 절대성에 대한 은유로 계속 분출한 것이 바로 "말"과 "종교"였다. 그것을 추구한 형식이 위와 같았다면, 그것의 의미는 무엇일까?

이야기에 능란한 시인이었던 그가 "말"에 집중한다는 것은 시인으로서 갖고 있는 언어 감각 너머의 어떤

poems are associated with this form. This was why I examined two statements made in his book written in the period of his poetic transformation in the beginning of this essay.

Although there would not have been many readers who anticipated that "language" and "religion" would become Kim's lifelong pursuits, this conclusion was already predicted in the statements we quoted and examined in the beginning of this essay. The poet was already preoccupied with "language" and "religion" in his earlier works, but his readers at that time experienced only other qualities, that is, an extraordinary eruption of new content and forms: a style that reflected the breathtaking turn of world history in the early 1990s. After the collapse of socialist bloc and the destruction of models of historical development, Kim's poems had a discontinuous and fragmented style. This was true of most people in the public realm who lived the 1980s, because this stance was an expression of a distinctive psychology of those who suddenly encountered a cliff, while on the path they were taking to get to an historical destination called "utopia."

But now that we interpreted his fragmented style as an allegory of the destroyed vision of the world, we should look more carefully at this interest in "lan-

상태가 새로이 지향된다는 것을 말한다. 시인의 선천적인 언어 능력에 또 다른 언어 세계가 펼쳐지는 셈인데, 시인의 언어 감각보다 더 나아간 낯선 언어의 출현이 이와 함께 등장한다. 다음, "종교"에 집중한다는 것, 이것은 절대적 층위의 세계를 지향한다는 것이다. 절대적 세계가 완성되어 흔들리지 않는 상태를 포함하는 것이라면, 그 절대란 이성적 논리로서는 도달하기 힘든 세계이다. 절대를 경험하는 현실적 매개가 있을 수 없고, 이성적 논리는 필연성을 탐구할 뿐 우연적 선택을 허락하지 않기 때문이다. 그래서, '죽을 때까지 닫힌 말에 집중하는 것'은 종교적 절대에 집중하는 것과 같다. 왜냐하면, 시인에게 "말"은 이미 열리지 않는 말, 요컨대 확실한 의미를 주지 않는 말이었는데 그럼에도 불구하고 그 말이 사용되는 것은 말의 사용을 통해 이면에서 드러나는 내용들이 있기 때문이다. 언표된 것 이전에 존재하는 내용의 흐름들이 그렇다. 위에서 썼듯이 탈인격적 정동이라고 해도 될 것이다. 김정환의 최근 시가 자주 보여주듯이 모종의 관념 자체를 언어 놀이의 순간적인 표현으로 드러내려는 시도가 그것이다. 그 언어 놀이는 차이와 유사성을 동시에 지닌 언어들을 공명시켜

guage" and "religion" that his poems have been preoc-
cupied with. Language and religion have continued
to erupt as metaphors for the fragmented world and
for absoluteness, as this world's alternative, since
The Memory of Pure Gold. If Kim Jung-whan pursued
them through the style we have examined, what is the
meaning of this pursuit?

For Kim, a superb narrative poet, to concentrate on
language means that he has been pursuing a certain
state beyond his natural poetic sensibilities. As an-
other linguistic world unfolds in addition to the poet's
natural linguistic abilities, an unfamiliar language,
beyond these natural sensibilities, appears at the same
time. In terms of religion, his interest in it means that
his poems pursue the world in its layer of absolute-
ness. If the absolute world includes a complete, un-
shakable state, it is a world hard to arrive at through
reasonable logic. There cannot be a realistic medium
that experiences the absolute, and reasonable logic
explores only necessity, while not allowing accidental
choices. Therefore, concentrating on "closed" lan-
guage until death is like concentrating on the religious
absolute. Because for Kim Jung-whan language was
already what cannot be opened, that is, something
that does not allow for clear meanings, he uses it only

서 무정형의 감각과 이념을 드러내는 것이다. 말을 사용하여 포착하는 언표 이전의 감각과 이념이란 결국 종교적 각성과 같은 것이다.

이렇게 이미 오래전에 등장한 "말"과 "종교"는 김정환에게는 개념으로 규정되기 이전의 경험을 표현하려는 시적 절대주의의 두 축이라고 할 만하다. 절대란, 러시아 절대주의자들의 규정을 빌면, 구체적 형태를 지니기 이전의 무정형성이고, 개념으로 수렴되기 전의 감각 자체이다. 이 절대에 대한 감각이 종교적 대상으로 이행된 것은 최근에 이르러서이지만, 종교적인 것 자체는 김정환의 초기 시편들에서부터 최근 시편들에 이르기까지 일관된 소재였다. 이 말은 그가 신앙인으로 지속해서 살아왔다는 사실을 뜻하지 않는다. 오히려 그는 절대 앞에 순응하는 것이 아니라 그 절대를 제시하려는 말을 사용하는 시인이다. 유토피아와 등가적이면서 더 오래 살아남는 위상을 가진 절대가 그것이다. 유토피아와 종교를 등가물로 이해할 때, 90년대 중반 이후 그의 종교적 소재들이 제대로 이해될 수 있을 것이다. 이는 신학적 절대에 대한 루터의 번역을 형상화한 최근 작업(『개인의 거울』 2부)과도 관련되고, 러시아 절대주의가 20

because this reveals contents hidden underneath, currents of existences before linguistic expression, something that we might call impersonal or post-personal affect. Recently, Kim often tries to reveal a particular concept through a momentary expression of word play. This play reveals amorphous feelings and ideologies, by having words with both commonalities and differences resound with and respond to each other. In the end, these feelings and ideas before linguistic expression are like a religious awakening.

In this sense, language and religion, to Kim, are two axes of poetic absolutism for expressing experience before conceptualization. According to Russian absolutists, the absolute is amorphousness before concrete forms and feelings before conceptualization. Although Kim Jung-whan only recently transferred this sensibility concerning the absolute to religious matters, religiousness has been consistent material for his poems since his early career. By this, I do not mean that he has been a religious man. Instead of complying with the absolute, he uses poetic language to present the absolute, which is equal to, but survives longer than, utopia. When we understand that utopia equals religion in his system, we can correctly understand the religious material in his poems since the mid-1990s.

세기 초반 세계 전체를 재구성하려는 절대적 지평을 탐구하려 했듯이 그 새로운 지평을 언어로써 탐구하려는 시도로도 해석될 수 있으며, 1905년 혁명이 좌절된 이후 러시아의 진보 운동 일파가 종교적 움직임으로 나아간 것과도 징후적으로 겹쳐진다. 김정환의 "종교"는 그런 의미에서 20세기 현대사의 유토피아 지향에 대한 시적 모색이다. 그것들은, 벤야민의 이해방법을 따른다면, 비감각적인 것의 유사성으로서의 미메시스라고 할 만하다.

유토피아와 종교를 절대의 지평에서 함께 세우는 미메시스적 재현은 단순한 가시적 작업이 아니다. 재현은 다만 같은 가치의 사물들을 서로 연결시키는 행위이다. 시인은 그 둘을 다만 연결시켜 놓는 사람일 뿐이다. 눈에 보이지 않는 것을 구체적으로 보여주기 위해 상관물 같은 것을 사용하는 행위가 아니라 등가의 영역을 이어주는 행위. 이는 번역가 김정환에게는 매우 상식적인 일이었을 것이다. 김정환이 최근에 매우 자주 언어와 사물을 등가화한다는 점이 이와 관련된다. 요컨대, 역시 최근 시집 『소리책력』에서 집요하게 제시하듯이, 언어는 사물 자체이다. 그러므로 언어와 언어, 혹은 사물과 사

This is relevant to his recent work depicting Martin Luther's translation of the theological absolute (Part II of *An Individual's Mirror*). It can also be interpreted as an attempt to explore the new horizon that Russian absolutism tried to explore in reconstructing the entire world in the early 20th century. It also symptomatically overlaps with a faction of the Russian progressive movement's taking a religious course after the failed 1905 revolution. In this sense, Kim Jung-whan's religion is a poetic exploration of the 20th century movement toward utopia. These attempts can be called mimesis as un-sensory similarity, if we apply Walter Benjamin's theory.

Mimetic representation where utopia and religion stand together on the horizon of the absolute is not simple visual work. Representation is an act of simply connecting objects with the same values. A poet is a person who simply connects the two, an act not using something that corresponds to what's invisible to show it concretely, but connecting two equivalent areas. This should be a matter of commonsensical knowledge to Kim Jung-whan, as a translator, and must be related to the fact that nowadays Kim frequently equates words and objects. In other words, as he stubbornly presents in his recent book, *Sound Al-*

물이 시 속에서 등가화된다. 시적 대상들과 언어 의미들이 이해하기 어려운 연결로 비약되는 것은 그 등가물들을 세계 재구성의 사례로 바라보기 때문일 것이다.

그 절대적 지평의 재구성이 전경화되는 시가 이번 시집에서는 「노인의 책」이다. 시는 도저하고 지고한 상상력에 힘입어 세상의 모든 사물과 사건을 나이든 정신의 이력에 덧붙여 놓는다. 시에 재현된 삶의 전부는 슬픔과 처연함을 포함하고, 아득함과 냉정함을 타고 오르며, 생성과 소멸의 흐름을 견디는 중이다. 그리고 그것들 모두가 "노인의 책"이다. 이 시는 서정시로서는 긴 편이지만 한 존재의 생애를 모두 어루만지기에는 매우 압축적인, 아름다운 파편들의 서사이다. 「노인의 책」은 그의 시력에서 반드시 기억되어야 할 만년의 성사(聖詞)이다.

김정환의 시력에서 이 절대의 등가물로서, 초기의 종교와 최근의 종교는 서로 공명하지만 그 상호 관계는 오히려 그 둘의 대비적 위상을 확인해준다. 『황색예수전』(1983~1986)에서 그는 성(聖)과 속(俗), 관념과 구체성이 서로 결합하여 더 높은 차원으로 지양된다고 썼다. 이것은 현실을 지양하여 유토피아에 도달한다는 믿

manac: a word is an object itself. Therefore, words and words, or objects and objects are being equated in his poems. He must be incomprehensibly connecting poetic objects and linguistic meanings because he looks at these equivalents as examples of a reconstructed world.

A poem that focuses on this reconstruction of the absolute horizon is "Old Man's Book" in his current book. Encouraged by a fine and sublime imagination, this poem connects all things and events of the world with the career of an aged spirit. The entire life represented in the poem contains sadness and sorrowfulness, addresses distantness and cool-headedness, and endures flows of birth and extinction. They comprise an "old man's book." Although rather long for a lyric poem, it is also too concentrated a narrative of beautiful fragments to embrace the entire lifetime of a human being. Instead, "Old Man's Book" is a sacred remark made by the poet in his later years that we should always remember as part of his poetic career.

In Kim's poetic career, his early religion and recent religion as equivalents of the absolute resonate with each other, but their mutual relationship also confirms their contrast. In *The Biography of Yellow Jesus* (1983-86), Kim says that the sacred and the secular,

음의 표현이었다. 지금 그는 앞의 인용문에서 드러나듯이 "종교"와 "말"을 그 유토피아의 대체물로 삼는다. 이때, "말"은 절대 세계를 탐구하는 행위의 의미를 체현하는 사물이다. 이로써 그가 일찍이 『황색예수전』에서 형상화했던 것들이 절대적 세계 자체로 대상화된다. 20세기의 역사를 살다보니 무엇이 잘못되었는지 아마도 태초부터 있었을 "말"은 닫혀 있는데, 그 "말"에게 줄창 묻는 일이 시인의 일이었던 것이다. 묻고 묻다보니 어느 날 "말"이 주체의 외부에 있는 사물로 지각되기 시작했을 때, 사물들이 이리저리 배열되되 주관적 의도를 벗어난 채 자신의 리듬에 따라 의미를 드러내듯이, 이후 그의 낯설고 긴 시의 행로가 이어진다. 그러므로 그의 시에서 예전처럼 자연스러운 언어적 흐름과 정서적 소통을 기대한다면 그것은 말의 낯설음과 시의 새로움이라는 말이 의미하는 것을 절반만 생각했거나 그의 시를 그가 이미 떠나온 서정시 류로 생각한 탓이다. 영민한 독자라면 예감했겠지만, 그의 낯선 시는 이미 이십여 년 전인 『순금의 기억』에서 환기되고 있었던 것이다. 그러므로 그의 시가 어려워졌다는 사실은 그가 '말-시'에 묻는 '말-시'의 용법이 복잡해지고 그만큼

and ideology and concreteness, will combine and be superseded by a higher dimension. This expresses his belief that we could arrive at utopia by overcoming reality. These days, he has replaced utopia with religion and language, as shown in the quotes in the beginning of this essay. Language here is an object embodying the meaning of the act of exploring the absolute world. Thus, he objectifies the things he depicted in *The Biography of Yellow Jesus* into the absolute world itself. In living the 20th century history, it was a poet's task to continue asking questions of "language," which must have existed from the beginning of the world, but was closed to him. While he continued to ask, he suddenly began to perceive language as external objects and afterward the long road of his strange and lengthy poems, just as objects reveal their meanings according to their own rhythms through their arrangements outside of our subjective intentions. Therefore, those who expect a natural flow of language and affective communication in his poems, like before, understand only half the meaning of those phrases, the strangeness of language and the newness of poetry, or mistake his poems for lyric poems, which he indeed left behind long ago. As clever readers must have anticipated, his unfamiliar poems were already

시가 깊어졌다는 뜻이다. 그의 말은 어느덧 의미 구성의 문법을 파괴해서 말을 낯선 사물로 돌려놓은 결과이다. "문득" 보니 그의 시는 세계를 번역한 외국어처럼 사용된다는 것을 "언뜻" 알려주는 시가 되었다고 할 수 있다. 세계를 번역하듯이 사물을 번역하고 말을 번역하는 것이 최근의 그의 시이다. 그래서, 여기에는 항상 시간이 개입하는 사후적 의미 공명이 있다. 시는 시인에게 세계를 사랑한 결과일 텐데, 한국어의 어법을 따라서 '나는 너를 사랑해'라고 말하지 않고 '나는' '사,랑,해' '너를'이라고 쓰는 시인의 문체가 시작된 것이다.

그리고 뜻하지 않게 다시 서사는 등장한다. 그의 시가 그의 나이를 환기해둘 때마다 언뜻 드러나는 '우수(憂愁)'가 있는데, 그에 따른 시간 인식이 특이하다. 「언뜻과 문득」에서 그는 "시간 없이 시간 / 밖으로 이어지는 일"에 대해 쓰고 있다. 그것이 어떻게 가능할 것인가? 시간 밖에서 이어지기 위해서는 우선 시간이 잘라져야 한다. 그렇다면 세상은 모두 하나씩 낱낱으로 존재해야 하는데, 그 낱낱의 사물들이 사람이고 결국 세계라면, 이것은 시 한편을 이루는 원리이기도 할 테고 그래서 시 한편은 세계가 존재하는 방식이 된다. 이것은 매우

evoked twenty year sago, in *The Memory of Pure Gold*. Therefore, if his poems have become more difficult, it means that his methods of questioning language-poetry, through language-poetry, have become as complex, and that his poems have become more profound. His language is the result of the work in which he has made language into an unfamiliar object, by destroying the grammar of signification. We can say that, as we look at his poems "casually," they have become poems "by chance," telling us that his poems are used as a foreign language that has translated the world. His recent poems are translating objects and language translating the world. Thus, the temporal dimension is always involved in his poems, that is, there are *ex post facto* resonances of meanings. Although poems must be the result of a poet's love of the world, he began writing about his love of the world in the style in which he writes "I you l.o.v.e." instead of "I love you," according to natural Korean grammar.

Unexpectedly, narrative emerges again. There is melancholy incidentally appearing whenever his poem evokes his age, a state in which his sense of time is curious. In "'By Chance' and 'Casually'" he writes about "That story without time out of time/Continue." How would this be possible? In order for time to continue

특이한 시작 방법이기도 하고 평생 "말"을 탐구한 시인의 세계인식이기도 하다. 세계가 시간 밖에서 낱낱으로 재구성되듯이 시집 한 권, 시 한 편도 그렇게 읽혀야 한다. 시 한 편 또한 시의 모든 낱낱의 구절과 언어로 해체되어 읽혀야 할 것이다. 독자들은 이제 김정환의 시를 하나하나의 구절로도 읽어보아야 한다는 뜻이다. 그때, 문득 세계의 가을 같은 우수가 가슴으로 밀려오는데, 그 감정은 말로 설명되기 이전에 다시 제가 왔던 자리로 돌아가 버린다. 이 특별한 경험이 만년에 이른 김정환의 선물이라고도 할 수 있다. 그는 그것을 '역사의 운명 속으로 사라지는 일'이라고 썼다. 그것은 그러나 사라지는 일이 아니라 언어 이전이 되어 계속 되돌아오는 일이라고 해야 할 것이다. 그의 시가 그리 새롭게 돌아올 것이다.

out of time, time should first be cut. Then, the world should exist as individual pieces. If individual pieces are people, and eventually the world, this would be the principle in which a poem is formed. Thus, a poem is the way in which the world exists. This is a unique prosody and a way of understanding the world by a poet who has been exploring language his entire life. As the world is reconstructed as individual pieces outside of time, a book of poems and a piece of a poem should be read in the same way. A piece of a poem should be read after being disassembled into individual phrases and words. That is, Kim jung-whan's readers should now read his poems through individual phrases as well. Then, casually, melancholy like the autumn of the world will flood their heart, and this feeling returns to where it came from, before they can interpret it in language. This special experience is Kim jung-whan's gift to us in his later years. He calls this "fad[ing] into history's fate," but in fact it is not fading, but continuing to return as pre-language. And his poems will continue to return as new.

김정환에
대해

What They Say
About Kim Jung-Whan

시란 자기 영혼을 번역하는 문제와 닿아 있다고 생각합니다. 김정환 시인의 영혼의 패턴이나 리듬이 한국말로 번역되는 과정을 통해 그러한 어법을 가지게 되는 거 아닌가 하는 생각이 듭니다. 김정환 시인 특유의 '영혼의 모양'이 그런 식으로 드러나는 거지요.

강정

김정환은 미국과 일본문화의 유입에 대해 경제와 문화를 통한 새로운 형태의 식민화라는 시각을 견지한다. 김정환의 문화인식은 정치역사의 정황에 의해 다른 문화가 강제로 유입되는 현실 속에서 우리 문화에 대한 주체적 인식과 태도를 확보하는 것의 필요성과 필연성을 역설한 것이라는 점에서 의의를 갖는다.

김수이

I believe a poem has something to do with the work of translating one's own soul. I think Kim Jung-whan's poetic soul has acquired its own patterns and rhythms in the process of translating it into Korean. His poems are expressions of the soul characteristics of Kim Jung-whan.

Kang Jeong

Kim Jung-whan considers the influx of culture from the US and Japan as a new form of colonization. He is a significant writer in that he has consistently argued for the necessity of securing an independent understanding of and attitude toward our culture in our reality, where foreign cultures are forced upon us because of political and historical conditions.

Kim Su-yiu

K-포엣
자수견본집

2019년 8월 16일 초판 1쇄 발행

지은이 김정환 | 옮긴이 김정환 | 펴낸이 김재범
편집장 김형욱 | 편집 강민영 | 관리 김주희, 홍희표 | 디자인 나루기획
인쇄·제책 굿에그커뮤니케이션 | 종이 한솔PNS
펴낸곳 (주)아시아 | 출판등록 2006년 1월 27일 제406-2006-000004호
주소 경기도 파주시 회동길 445(서울 사무소: 서울특별시 동작구 서달로 161-1 3층)
전화 02.821.5055 | 팩스 02.821.5057 | 홈페이지 www.bookasia.org
ISBN 979-11-5662-317-5 (set) | 979-11-5662-413-4 (04810)
값은 뒤표지에 있습니다.

K-Poet
An embroidery sampler

Written by Kim Jung-Whan | **Translated by** Kim Jung-Whan
Published by ASIA Publishers | 445, Hoedong-gil, Paju-si, Gyeonggi-do, Korea
(Seoul Office: 161-1, Seodal-ro, Dongjak-gu, Seoul, Korea)
Homepage www.bookasia.org | **Tel** (822).821.5055 | **Fax** (822).821.5057
ISBN 979-11-5662-317-5 (set) | 979-11-5662-413-4 (04810)
First published in Korea by ASIA Publishers 2019

This book is published with the support of the Literature Translation Institute of Korea
(LTI Korea).

001 버핏과의 저녁 식사-박민규 Dinner with Buffett-Park Min-gyu

002 아르판-박형서 Arpan-Park hyoung su

003 애드벌룬-손보미 Hot Air Balloon-Son Bo-mi

004 나의 클린트 이스트우드-오한기 My Clint Eastwood-Oh Han-ki

005 이베리아의 전갈-최민우 Dishonored-Choi Min-woo

006 양의 미래-황정은 Kong's Garden-Hwang Jung-eun

007 대니-윤이형 Danny-Yun I-hyeong

008 퇴근-천명관 Homecoming-Cheon Myeong-kwan

009 옥화-금희 Ok-hwa-Geum Hee

010 시차-백수린 Time Difference-Baik Sou linne

011 올드 맨 리버-이장욱 Old Man River-Lee Jang-wook

012 권순찬과 착한 사람들-이기호 Kwon Sun-chan and Nice People-Lee Ki-ho

013 알바생 자르기-장강명 Fired-Chang Kangmyoung

014 어디로 가고 싶으신가요-김애란 Where Would You Like To Go?-Kim Ae-ran

015 세상에서 가장 비싼 소설-김민정 The World's Most Expensive Novel-Kim Min-jung

016 체스의 모든 것-김금희 Everything About Chess-Kim Keum-hee

017 할로윈-정한아 Halloween-Chung Han-ah

018 그 여름-최은영 The Summer-Choi Eunyoung

019 어느 피씨주의자의 종생기-구병모 The Story of P.C.-Gu Byeong-mo

020 모르는 영역-권여선 An Unknown Realm-Kwon Yeo-sun

021 4월의 눈-권여선 An Unknown Realm-Kwon Yeo-sun

022 서우-강화길 Seo-u-Kang Hwa-gil

023 가출-조남주 Run Away-Cho Nam-joo

024 연애의 감정학-백영옥 How to Break Up Like a Winner-Baek Young-ok

025 창모-우다영 Chang-mo-Woo Da-young

바이링궐 에디션 한국 대표 소설

한국문학의 가장 중요하고 첨예한 문제의식을 가진 작가들의 대표작을 주제별로 선정!
하버드 한국학 연구원 및 세계 각국의 한국문학 전문 번역진이 참여한 번역 시리즈!
미국 하버드대학교와 컬럼비아대학교 동아시아학과, 캐나다 브리티시컬럼비아대학교 아시아
학과 등 해외 대학에서 교재로 채택!

바이링궐 에디션 한국 대표 소설 set 1

분단 Division

01 병신과 머저리-**이청준** The Wounded-**Yi Cheong-jun**
02 어둠의 혼-**김원일** Soul of Darkness-**Kim Won-il**
03 순이삼촌-**현기영** Sun-i Samch'on-**Hyun Ki-young**
04 엄마의 말뚝 1-**박완서** Mother's Stake I-**Park Wan-suh**
05 유형의 땅-**조정래** The Land of the Banished-**Jo Jung-rae**

산업화 Industrialization

06 무진기행-**김승옥** Record of a Journey to Mujin-**Kim Seung-ok**
07 삼포 가는 길-**황석영** The Road to Sampo-**Hwang Sok-yong**
08 아홉 켤레의 구두로 남은 사내-**윤흥길** The Man Who Was Left as Nine Pairs
   of Shoes-**Yun Heung-gil**
09 돌아온 우리의 친구-**신상웅** Our Friend's Homecoming-**Shin Sang-ung**
10 원미동 시인-**양귀자** The Poet of Wŏnmi-dong-**Yang Kwi-ja**

여성 Women

11 중국인 거리-**오정희** Chinatown-**Oh Jung-hee**
12 풍금이 있던 자리-**신경숙** The Place Where the Harmonium Was-**Shin
   Kyung-sook**
13 하나코는 없다-**최윤** The Last of Hanak'o-**Ch'oe Yun**
14 인간에 대한 예의-**공지영** Human Decency-**Gong Ji-young**
15 빈처-**은희경** Poor Man's Wife-**Eun Hee-kyung**

바이링궐 에디션 한국 대표 소설 set 2

자유 Liberty

16 필론의 돼지-**이문열** Pilon's Pig-**Yi Mun-yol**
17 슬로우 불릿-**이대환** Slow Bullet-**Lee Dae-hwan**
18 직선과 독가스-**임철우** Straight Lines and Poison Gas-**Lim Chul-woo**
19 깃발-**홍희담** The Flag-**Hong Hee-dam**
20 새벽 출정-**방현석** Off to Battle at Dawn-**Bang Hyeon-seok**

사랑과 연애 Love and Love Affairs

21 별을 사랑하는 마음으로 윤후명 With the Love for the Stars-Yun Hu-myong
22 목련공원-이승우 Magnolia Park-Lee Seung-u
23 칼에 찔린 자국-김인숙 Stab-Kim In-suk
24 회복하는 인간-한강 Convalescence-Han Kang
25 트렁크-정이현 In the Trunk-Jeong Yi-hyun

남과 북 South and North

26 판문점-이호철 Panmunjom-Yi Ho-chol
27 수난 이대-하근찬 The Suffering of Two Generations-Ha Geun-chan
28 분지-남정현 Land of Excrement-Nam Jung-hyun
29 봄 실상사-정도상 Spring at Silsangsa Temple-Jeong Do-sang
30 은행나무 사랑-김하기 Gingko Love-Kim Ha-kee

바이링궐 에디션 한국 대표 소설 set 3

서울 Seoul

31 눈사람 속의 검은 항아리-김소진 The Dark Jar within the Snowman-Kim So-jin
32 오후, 가로지르다-하성란 Traversing Afternoon-Ha Seong-nan
33 나는 봉천동에 산다-조경란 I Live in Bongcheon-dong-Jo Kyung-ran
34 그렇습니까? 기린입니다-박민규 Is That So? I'm A Giraffe-Park Min-gyu
35 성탄특선-김애란 Christmas Specials-Kim Ae-ran

전통 Tradition

36 무자년의 가을 사흘-서정인 Three Days of Autumn, 1948-Su Jung-in
37 유자소전-이문구 A Brief Biography of Yuja-Yi Mun-gu
38 향기로운 우물 이야기-박범신 The Fragrant Well-Park Bum-shin
39 월행-송기원 A Journey under the Moonlight-Song Ki-won
40 협죽도 그늘 아래-성석제 In the Shade of the Oleander-Song Sok-ze

아방가르드 Avant-garde

41 아겔다마-박상륭 Akeldama-Park Sang-ryoong
42 내 영혼의 우물-최인석 A Well in My Soul-Choi In-seok
43 당신에 대해서-이인성 On You-Yi In-seong
44 회색 時-배수아 Time In Gray-Bae Su-ah
45 브라운 부인-정영문 Mrs. Brown-Jung Young-moon

바이링궐 에디션 한국 대표 소설 set 4

디아스포라 Diaspora

46 속옷-김남일 Underwear-Kim Nam-il

47 상하이에 두고 온 사람들-공선옥 People I Left in Shanghai-Gong Sun-ok

48 모두에게 복된 새해-김연수 Happy New Year to Everyone-Kim Yeon-su

49 코끼리-김재영 The Elephant-Kim Jae-young

50 먼지별-이경 Dust Star-Lee Kyung

가족 Family

51 혜자의 눈꽃-천승세 Hye-ja's Snow-Flowers-Chun Seung-sei

52 아베의 가족-전상국 Ahbe's Family-Jeon Sang-guk

53 문 앞에서-이동하 Outside the Door-Lee Dong-ha

54 그리고, 축제-이혜경 And Then the Festival-Lee Hye-kyung

55 봄밤-권여선 Spring Night-Kwon Yeo-sun

유머 Humor

56 오늘의 운세-한창훈 Today's Fortune-Han Chang-hoon

57 새-전성태 Bird-Jeon Sung-tae

58 밀수록 다시 가까워지는-이기호 So Far, and Yet So Near-Lee Ki-ho

59 유리방패-김중혁 The Glass Shield-Kim Jung-hyuk

60 전당포를 찾아서-김종광 The Pawnshop Chase-Kim Chong-kwang

바이링궐 에디션 한국 대표 소설 set 5

관계 Relationship

61 도둑견습 - 김주영 Robbery Training-Kim Joo-young

62 사랑하라, 희망 없이 - 윤영수 Love, Hopelessly-Yun Young-su

63 봄날 오후, 과부 셋 - 정지아 Spring Afternoon, Three Widows-Jeong Ji-a

64 유턴 지점에 보물지도를 묻다 - 윤성희 Burying a Treasure Map at the U-turn-Yoon Sung-hee

65 쁘이거나 쓰이거나 - 백가흠 Puy, Thuy, Whatever-Paik Ga-huim

일상의 발견 Discovering Everyday Life

66 나는 음식이다 - 오수연 I Am Food-Oh Soo-yeon

67 트럭 - 강영숙 Truck-Kang Young-sook

68 통조림 공장 - 편혜영 The Canning Factory-Pyun Hye-young

69 꽃 - 부희령 Flowers-Pu Hee-ryoung

70 피의일요일 - 윤이형 Bloody Sunday-Yun I-hyeong

금기와 욕망 Taboo and Desire

71 북소리 - 송영 Drumbeat-Song Yong

72 발칸의 장미를 내게 주었네 - 정미경 He Gave Me Roses of the Balkans-Jung Mi-kyung

73 아무도 돌아오지 않는 밤 - 김숨 The Night Nobody Returns Home-Kim Soom

74 젓가락여자 - 천운영 Chopstick Woman-Cheon Un-yeong

75 아직 일어나지 않은 일 - 김미월 What Has Yet to Happen-Kim Mi-wol

바이링궐 에디션 한국 대표 소설 set 6

운명 Fate

76 언니를 놓치다 - 이경자 Losing a Sister-Lee Kyung-ja

77 아들 - 윤정모 Father and Son-Yoon Jung-mo

78 명두 - 구효서 Relics-Ku Hyo-seo

79 모독 - 조세희 Insult-Cho Se-hui

80 화요일의 강 - 손홍규 Tuesday River-Son Hong-gyu

미의 사제들 Aesthetic Priests

81 고수 - 이외수 Grand Master-Lee Oisoo

82 말을 찾아서 - 이순원 Looking for a Horse-Lee Soon-won

83 상춘곡 - 윤대녕 Song of Everlasting Spring-Youn Dae-nyeong

84 삭매와 자미 - 김별아 Sakmae and Jami-Kim Byeol-ah

85 저만치 혼자서 - 김훈 Alone Over There-Kim Hoon

식민지의 벌거벗은 자들 The Naked in the Colony

86 감자 - 김동인 Potatoes-Kim Tong-in

87 운수 좋은 날 - 현진건 A Lucky Day-Hyŏn Chin'gŏn

88 탈출기 - 최서해 Escape-Ch'oe So-hae

89 과도기 - 한설야 Transition-Han Seol-ya

90 지하촌 - 강경애 The Underground Village-Kang Kyŏng-ae

바이링궐 에디션 한국 대표 소설 set 7

백치가 된 식민지 지식인 Colonial Intellectuals Turned "Idiots"

91 날개 - 이상 Wings-Yi Sang

92 김 강사와 T 교수 - 유진오 Lecturer Kim and Professor T-Chin-O Yu

93 소설가 구보씨의 일일 - 박태원 A Day in the Life of Kubo the Novelist-Pak Taewon

94 비 오는 길 - 최명익 Walking in the Rain-Ch'oe Myŏngik

95 빛 속에 - 김사량 Into the Light-Kim Sa-ryang

한국의 잃어버린 얼굴 Traditional Korea's Lost Faces

96 봄·봄 – 김유정 Spring, Spring–Kim Yu-jeong
97 벙어리 삼룡이 – 나도향 Samnyong the Mute–Na Tohyang
98 달밤 – 이태준 An Idiot's Delight–Yi T'ae-jun
99 사랑손님과 어머니 – 주요섭 Mama and the Boarder–Chu Yo-sup
100 갯마을 – 오영수 Seaside Village–Oh Yeongsu

해방 전후(前後) Before and After Liberation

101 소망 – 채만식 Juvesenility–Ch'ae Man-Sik
102 두 파산 – 염상섭 Two Bankruptcies–Yom Sang-Seop
103 풀잎 – 이효석 Leaves of Grass–Lee Hyo-seok
104 맥 – 김남천 Barley–Kim Namch'on
105 꺼삐딴 리 – 전광용 Kapitan Ri–Chŏn Kwangyong

전후(戰後) Korea After the Korean War

106 소나기 – 황순원 The Cloudburst–Hwang Sun-Won
107 등신불 – 김동리 Tŭngsin-bul–Kim Tong-ni
108 요한 시집 – 장용학 The Poetry of John–Chang Yong-hak
109 비 오는 날 – 손창섭 Rainy Days–Son Chang-sop
110 오발탄 – 이범선 A Stray Bullet–Lee Beomseon